세상에서
가장
행복한
느낌

세상에서
가장
행복한
느낌

김하 엮음

뜻이있는사람들

 _____ 흔히 행복은 불행의 또다른 이면이라고 합니다. 똑같은 상황도 보기에 따라서는 한없이 불행해 보이고 또 행복해 보이기도 합니다. 우리가 그렇게 회피하고 싶은 불행이란 결국 행복의 그림자인 것입니다. 중요한 것은 그것을 어떻게 받아들이는가 하는 우리의 마음가짐인 셈이지요.

　우리는 날마다 행복해지기를 원합니다. 그리고 그것은 많이 가지고 부자가 되는 것과 밀접한 관련이 있다고 생각하지만, 사실은 그렇지 않습니다. 재물에 대해 집착할수록 행복이라는 파랑새는 저 멀리 날아가버리고 말 테니까요.

　행복이란 지금 이 순간과 관련되어 있습니다. 어떤 목적지에 닿아야 비로소 행복해지는 것이 아니라 그 여행의 과정에서 행복을 느끼기 때문이지요. 그렇습니다. 바로 지금 이 순간 행복한 감정을 느끼는 것, 그것이 바로 행복입니다.

　흔히 행복은 불행의 또다른 이면이라고 합니다. 똑같은 상황도 보기에 따라서는 한없이 불행해 보이고 또 행복해 보이기도 합니다. 우리가 그렇게 회피하고 싶은 불행이란 결국 행복의 그림자인 것입니다. 중요한 것은 그것을 어떻게 받아들이는가 하는 우리의 마음가짐인 셈이지요.

사랑이 오래 지속되기 힘들 듯이, 행복의 파랑새도 오래 우리 곁에 머물지 못합니다. 그런데 행복의 한쪽 문이 닫히면 다른 쪽 문이 열리는 법입니다. 하지만 우리는 이미 닫혀버린 그 문을 오래도록 바라보기 때문에 우리를 위해 열려 있는 또다른 문을 보지 못하는 것입니다.

명심하십시오. 마냥 행복한 지금 이 순간에도 슬픔의 그림자는 어른거리고 있습니다. 반면 한없이 절망적인 그 어떤 고통도 끝은 있게 마련이며, 행복의 씨앗은 돋아나고 있습니다.

우리의 마음 속에서 샘솟는 행복은 거저 만들어지는 것이 아닙니다. 미소처럼 아름다운 자기만의 행복한 샘을 파는 일은 어느 정도의 참을성이 필요합니다. 그리고 이런 노력은 스스로의 마음뿐만 아니라 얼굴까지 아름답게 만듭니다. 이것은 곧 마음 속에 행복의 씨앗을 뿌리는 일입니다.

또한 자기 중심적인 사람은 절대로 행복할 수가 없습니다. 정말로 만족한 삶을 사는 비결은 다른 이들에게 보다 많은 사랑과 기쁨과 행복을 나누어주는 데 있습니다.

지금 곁에 있는 누군가를 향해 마음의 문을 여십시오. 그리고 진심으로 그 사람을 사랑해주십시오. 그러면 자신의 얼굴이 아름답게 빛날 것입니다.

하나

마음을 움직이는 감동이야기

둘

영혼을 울리는 사랑의 향기

 셋

희생이라는 또다른 향기

 넷

지혜로운 삶의 향기

다섯

내일을 여는 희망의 향기

마음을
움직이는
감동 이야기

동병상련

어느 애완견 센터의 가게 주인이 문 앞에다 조금 큰 글씨로 '강아지 팝니다'라는 글귀를 써 붙였다.

그런 광고는 흔히 아이들의 시선부터 끌게 마련이었다. 아닌 게 아니라 얼마 후 한 꼬마가 가게 안을 기웃거렸다. 이윽고 용기를 낸 그 소년이 가게 안으로 들어와 상점 주인에게 물었다.

"강아지 한 마리가 얼마씩이죠?"

주인이 대답했다.

"보통 30달러에서 50달러 정도에 판다."

그 말을 들은 소년은 자기 주머니를 뒤져 동전 몇 개를 꺼냈다.

"저한테는 지금 3달러 35센트밖에 없거든요. 그래도 강아지 좀 구경하면 안 될까요?"

소년의 순수한 마음씨에 가게 주인은 잔잔한 미소를 지어보인 다음 가게 안쪽을 향해 휘파람을 불었다. 그러자 안쪽에 있던 점원이 털북숭이 강아지 다섯 마리를 가게로 내보냈다. 순식간에 다섯 마리의 강아지가 몰려왔는데, 이상하게도 그 중 한 마리만은 다른 강아지들보다 눈에 띄게 뒤쳐져서 달려오는 것이었다. 아니나 다를까, 그 강아지는 한쪽 다리를 절고 있었다.

　소년이 그 절뚝거리는 강아지를 가리키며 물었다.

　"이 강아지는 어디가 아픈가요?"

　"응, 수의사 아저씨가 그러는데, 태어날 때부터 한쪽 다리 관절이 나빠서 그런 거래. 그래서 절뚝거리며 걸을 수밖에 없다고 말이야."

　"그럼 평생 절름발이로 살아가야 하는 거네요?"

　"그런 셈이지."

　잠시 뭔가를 골똘히 생각하던 소년이 이윽고 흥분된 표정으로 말했다.

　"이 강아지를 제가 사고 싶어요."

　가게 주인이 놀라며 말했다.

　"안 돼. 불구 강아지를 팔 순 없단다."

　"왜죠?"

　"그건… 네가 정 이 강아지를 원한다면 그냥 가져가거라."

　소년의 얼굴은 매우 당혹스런 표정으로 변해 있었다.

소년이 가게 주인의 눈을 똑바로 쳐다보며, 매우 단호한 어조로 말했다.

"전 이 강아지를 공짜로 가져가고 싶지 않아요."

"?"

"이 강아지도 다른 강아지들처럼 똑같은 가치를 지닌 강아지예요. 그러니 전부 내겠어요. 물론 지금은 3달러 35센트밖에 없지만… 값을 다 치를 때까지 매달 5센트씩 갚을게요."

소년은 매우 완강한 태도를 보였지만 가게 주인은 그래도 고개를 흔들었다.

"안 된다. 이런 강아지를 너한테 돈 받고 팔 순 없어. 뛰지도 못할 뿐더러 다른 강아지들처럼 너랑 장난치며 놀지도 못해."

주인의 말이 끝나기가 무섭게 소년은 몸을 숙여 자신의 한쪽 다리 바지를 걷어올리기 시작했다. 그리고는 금속 교정기로 지탱되고 있는 그 다리를 가게 주인에게 보여주었다.

"저도 한쪽 다리가 불구라서 다른 아이들처럼 달릴 수가 없어요. 이 강아지에게도 자기를 이해해줄 사람이 필요할 거 아니겠어요?"

당신을 괴롭히고 슬프게 하고 있는 일들은 하나의 시련이라고 생각하라. 쇠는 달구어야 굳어진다. 당신도 지금의 그 시련을 통하여 더욱 굳건한 정신을 얻게 될 것이다.
○● 아우구스티누스

눈에 비친 자비심

미국 북부 버지니아 주에서 있었던 일이다.

어느 몹시 추운 저녁에 한 노인이 강을 건너기 위해 기다리고 있었다. 강물은 무릎 정도의 깊이였지만 군데군데 얼어 있어서 함부로 건널 수가 없었다. 혹독한 추위 때문에 노인의 수염이 고드름처럼 얼어붙었다. 춥고 지루한 기다림이 계속되는 동안 노인의 몸은 점점 **뻣뻣하게** 얼어갔다.

그때 노인은 얼어붙은 길 저쪽에서 달려오는 흐릿한 말발굽 소리를 들었다. 일정한 간격으로 말을 탄 사람들이 달려오고 있었다. 말을 얻어 타면 정말 손쉽게 강을 건널 수 있을 것 같았다. 노인은 초조해하며 몇 명의 신사들이 말을 타고 모퉁이를 돌아오는 것을 지켜보았다.

하지만 첫 번째 사람이 눈앞을 스쳐 지나가는데도 노인은

도움을 청하는 아무런 손짓도 하지 않았다. 두 번째 사람이 지나가고, 이어서 세 번째 사람이 지나갔다. 노인은 계속해서 서 있기만 했다. 마침내 맨 마지막 사람이 초라하게 서 있는 노인 앞으로 다가왔다. 노인이 비로소 그의 눈을 바라보며 말했다.

"신사 양반, 이 늙은이를 강 건너까지만 태워다주시겠습니까? 걸어서는 건너갈 수가 없군요."

잠시 말의 고삐를 늦추며 그 사람이 말했다.

"좋습니다. 어서 올라타세요."

그러나 노인은 좀처럼 바싹 다가서지를 못했다. 몸을 움직일 수 없을 정도로 몸이 얼어붙어 있었기 때문이다. 신사는 말에서 내려 노인이 말에 올라타는 것을 도와주고, 강을 건너게 해주었을 뿐만 아니라 수킬로미터나 떨어진 노인의 목적지까지 태워다주었다.

노인의 작은 오두막집에 도착했을 때 신사가 궁금하다는 듯이 물었다.

"노인장께선 앞서 지나간 다른 사람들한테는 아무런 부탁을 하지 않다가 저한테는 태워달라고 부탁했습니다. 참 궁금하군요. 그토록 추위에 떨면서도 맨 마지막인 저한테 부탁을 하다니요. 만약 제가 거절했다면 어쩌시려고요?"

말에서 내린 노인이 그 사람의 눈을 똑바로 쳐다보며 말했다.

"나는 이 지방에서 오랫동안 살았습니다. 그래서 내가 사람들을 잘 안다고 믿고 있지요."

노인이 계속해서 말했다.

"나는 거기에 서서 말을 타고 오는 사람들의 눈동자를 살펴보았습니다. 그리고 그들이 나 같은 사람의 처지에는 일말의 관심도 없다는 것을 알았습니다. 따라서 그들에게 태워달라고 부탁하는 것은 부질없는 일이었습니다. 하지만 당신의 눈에서 나는 친절과 자비심이 비친 것을 분명히 보았습니다. 그때 나는 알았습니다. 당신의 따뜻한 마음이 곤경에 처한 나를 도와주리라는 사실을…."

노인의 말에 그 신사는 깊은 감동을 받았다. 그가 노인에게 말했다.

"노인장께서 해주신 그 말씀 깊이 감사를 드립니다. 앞으로도 제 자신의 생각에 열중하느라 다른 사람들의 불행한 처지를 망각하는 그런 잘못을 저지르지 않도록 노력하겠습니다."

그 말을 마친 신사는 말을 몰고 백악관으로 달려갔다. 그 사람은 미국의 제3대 대통령 토머스 제퍼슨이었다.

선을 보거든 목이 말라 물을 구하듯이 하고, 악을 듣거든 귀머거리같이 못들은 듯이 하라. 그리고 선한 일은 모름지기 탐하여, 악한 일은 아예 즐기지 말아야 한다.
○● 강태공

자전거 경매

외국의 어느 자전거 경매장에서 있었던 일이다.

많은 사람들이 찾아와 저마다 마음에 드는 자전거를 사기 위해 분주한 모습들이었다.

그런데 어른들이 주 고객인 그 경매장 맨 앞자리에 한 소년이 앉아 있었고, 소년의 손에는 5달러짜리 지폐 한 장이 들려 있었다.

드디어 경매가 시작되었고, 소년은 볼 것도 없다는 듯 제일 먼저 손을 번쩍 들고 "5달러요!" 하고 외쳤다. 그러나 곧 옆에서 다른 누가 "20달러!" 하고 외쳤고, 첫 번째 자전거는 20달러를 부른 그 사람에게 낙찰되었다.

두 번째, 세 번째, 네 번째도 마찬가지였다. 5달러로는 어림도 없이 15달러나 20달러, 어떤 것은 그 이상의 가격에 낙찰되는 것이었다.

보다 못한 경매사가 안타까운 마음에 꼬마에게 슬쩍 말해주었다.

"꼬마야, 자전거를 사고 싶거든 값을 20달러나 30달러쯤 부르거라."

"하지만 아저씨, 제가 가진 돈이라곤 이게 전부예요!"

"그 돈으론 절대로 자전거를 살 수 없단다. 가서 부모님께 돈을 더 달라고 하려무나."

꼬마가 말했다.

"안 돼요. 우리 아빠 실직당했고, 엄만 아파서 돈을 보태주실 수가 없어요. 하나밖에 없는 동생한테 꼭 자전거를 사준다고 약속했단 말이에요…."

소년은 힘없이 고개를 떨구고 말았다.

다시 경매가 진행되었고, 소년은 자전거를 살수가 없었다. 하지만 여전히 제일 먼저 5달러를 외쳤고, 어느새 주변 사람들이 하나둘씩 소년을 주목하게 되었다.

드디어 그날의 마지막 자전거. 이 자전거는 그날 나온 상품 중 가장 좋은 것으로 많은 사람들이 그 경매를 고대하고 있었다.

"자, 마지막 경매입니다!"

경매가 시작되었다. 소년은 풀죽은 얼굴로 앉아 있었지만 역시 손을 들고 5달러를 외쳤다. 순간 경매장 안이 쥐 죽은 듯 조용해졌다. 아무도 그 이상의 값을 부르지 않는 것이었다.

"5달러요. 더 없습니까? 다섯을 셀 동안 신청자가 없으면 이 자전거는 꼬마 신사의 것이 됩니다."

사람들은 모두 팔짱을 낀 채 경매사와 소년을 주목하고 있었다.

"5, 4, 3, 2, 1…. 낙찰!"

"와!"

소년이 손에 쥔 꼬깃꼬깃한 5달러짜리 지폐를 경매사 앞에 내놓았고, 순간 그곳에 모인 사람들은 일제히 자리에서 일어나 소년에게 박수를 치는 것이었다.

남을 위한 따뜻한 배려와 친절만큼

사람을 예쁘게 만드는 것도 없습니다.

어떤 약속

로마와 카르타고 사이의 포에니 전쟁
때의 일이다.

치고 밀리는 치열한 전투가 계속되던 중에 카르타고 군이
열세에 몰렸는데, 그때 로마의 레귤러스 장군이 카르타고 군의
포로가 되고 말았다.

카르타고 군은 처음에 그를 죽이려고 했지만, 점점 전세가
불리해지자 논의 끝에 그를 휴전협상에 이용하기로 하고 그에
게 한 가지 제안을 했다.

"장군, 우리는 지금 로마와 휴전하기를 원하오. 그래서 우
리가 장군을 돌려보낼 것인데, 만약 그럼에도 불구하고 로마가
응하지 않는다면 장군은 다시 이리로 돌아와야 하오."

레귤러스 장군은 당장 살기 위해서 로마로 돌아갈 것인지,

아니면 여기서 명예롭게 죽음을 택할 것인지 심각한 갈등에 빠졌다. 결국 그는 자신이 죽기 전에 조국을 위해 해야 할 일을 깨닫고는 그들의 요구를 받아들였다.

얼마 후 로마로 살아 돌아온 장군은 그의 복귀를 기뻐해주는 황제에게 자신이 돌아온 이유를 차근차근 설명해주었다.

"저는 그들에게 강화를 주선하라는 요구를 받고 돌아왔습니다. 하지만 강화에 응하지 말라고 주장하고 싶습니다. 지금 카르타고는 심한 혼란에 빠져 있기 때문에 우리 로마 군이 조금만 더 버티면 그들 스스로 무너져버릴 것입니다."

그런 다음 자신이 알고 있는 카르타고의 실정과 군사 정보 등을 상세히 일러준 뒤, 그들과의 약속대로 카르타고로 돌아가려고 했다. 곁의 수많은 사람들이 그를 만류했지만, 장군은 단호한 어조로 말했다.

"만일 내가 돌아가지 않는다면 그들은 로마인들을 모두 거짓말쟁이라고 비웃을 것이오. 이것은 나 개인이 아닌, 로마 제국 전체의 명예와 신의에 관계되는 일이오. 비록 적과의 약속일지라도 지킬 것은 지켜야 합니다."

자신의 약속을 더 철저하게 지킬수록 우리는 더 강해지는 것입니다. 다른 사람에게 영향을 미치고 싶다면 내가 먼저 나 자신을 믿어야 합니다. 그리고 자신을 믿기 위해서는 자기가 한 말을 믿고, 또 말한 대로 행동해야 하는 것입니다.

러브레터

　　　　성격도 내성적이고 말수도 별로 없는
한 소녀가 있었다. 혼자 있기를 즐기는, 수줍음 잘 타는 그런
소녀였다.

　　학교에서는 물론 방과후에도 친구들과 어울리지 않았던 이
소녀에게 어느 날엔가부터 유일한 즐거움이 생겼는데, 바로 음
악감상이었다.

　　소녀의 집 동네에 새로 레코드 가게가 문을 열었다. 그 가
게 앞을 지나다가 언뜻 본 그 가게 점원은 소녀가 꿈꾸던 백마
탄 왕자님 그 자체였다. 사람을 대할 때마다 풍기는 부드럽고
상냥한 미소가 소녀의 마음을 사로잡았다.

　　소녀는 거의 날마다 그 가게에 들러서 레코드를 사면서 그
오빠와 만났다. 오빠는 정말 진심으로 상냥하게 소녀를 맞아주

었다. 하지만 그것뿐이었다. 오빠는 소녀에게는 물론 다른 모든 손님에게도 똑같이 친절하고 상냥했던 것이다. 소녀의 생각에 레코드 가게 오빠는 너무나 먼 왕자님에 불과했다. 그렇게 매일 매일 찾아가는 자신의 초라한 모습을 그 왕자님은 아마도 비웃고 있을 거라 생각하고 슬퍼했다.

그러던 어느 날부터 소녀는 몸이 아파오기 시작했다. 처음엔 가벼운 감기몸살 정도로 시작된 것이 점점 더 아파서 학교도 못 가게 되었다. 당연히 레코드 가게에도 갈 수가 없었다. 마음의 병이 깊어서일까? 특별한 병명도 없이 시름시름 앓던 소녀는 결국 그로부터 몇 달을 넘기지 못하고 죽고 말았다.

장례를 치르고 난 소녀의 어머니는 유품을 정리하던 중에 딸애의 방 한구석에 잔뜩 쌓여 있는 레코드판들을 발견했다. 포장이 뜯기지도 않은 채 차곡차곡 쌓여 있는 판들을….

사실 소녀에게는 그 레코드판을 들을 수 있는 플레이어가 없었다. 소녀는 오빠를 보고 싶은 마음에 매일같이 그 레코드 가게에 들러 판을 샀지만, 정작 들을 수가 없어서 그것들을 뜯어보지도 못한 채 방 한구석에 쌓아둔 것이었다.

어머니가 긴 한숨을 내쉬며 그 레코드판 중 하나를 뜯어보았다. 그러자 그 속에서 불쑥 편지 한 장이 튀어나왔다.

"…?"

다른 판들도 마찬가지였다. 겉포장을 뜯을 때마다 어김없이 편지들이 나왔다. 어느 누구도, 단 한번도 읽지 않은 편지들이….

그것은 매일같이 자신을 찾아오는 한 아름다운 소녀에 대한 연정이 가득 담긴 왕자님의 러브레터였다. 왕자님은 소녀가 음악을 들으면서 자신의 편지를 읽어줄 거라 굳게 믿고 있었던 것이다.

참된 애정과 진실한 연애는 그 마음이 순결해야 하고, 상대방의 인격을 존중하며, 신의 앞에서도 부끄러움이 없이 그 마음과 뜻의 흔들림이 없어야 한다. 장애물에 굴하지 않는 용기를 지녀야 한다.

○● L. 로슈프코

강한 마음으로 사랑하세요.
　　사랑에는 어떤 장애물도 넘을 수 있는 용기가 필요합니다.

남과 여

태초 신은 하늘과, 식물과 여러 가지 동물을 만든 다음에 최초의 남자와 여자를 창조했다. 그리고 신은 남자에게 숲속의 들판에 오두막을 만들어주고, 여자에게는 강가에 작은 초막을 지어주었다. 그리고 둘 사이에 길을 내어주었다.

그러나 신은 짓궂게도 남자와 여자에게 빛을 선사하지는 않았다. 그래서 그들의 눈꺼풀은 갓난아기처럼 늘 닫혀 있었다. 남자와 여자는 서로를 볼 수 없었다. 그들은 서로의 존재를 알지도 못한 채 살았다.

어느날 남자와 여자는 길이란 존재를 깨닫게 되었다. 그리고 그 길 끝에 자신에게 아주 소중한 어떤 존재가 머물고 있다는 사실도. 신은 두 사람 사이에 욕망이 싹트는 것을 느꼈고, 머지 않아 둘 중 하나가 다른 하나를 찾아갈 것임을 확신했다. 신은 궁금했다. 과연 어느 쪽이 먼저 찾아갈 것인가? 신은 두 사람 사이에 놓인 길에 마른 나뭇잎을 뿌려놓았다. 그래서 그 길을 걷게 되면 나뭇잎 밟는 소리에 금방 눈치 챌 수 있게 말이다.

여자는 어느날 먹이감으로 두꺼비 한 마리를 잡았다. 두꺼비는 여자의 손을 벗어나기 위해 그녀의 얼굴에 침을 탁 뱉었다. 여자는 놀라 손으로 얼굴을 닦다가, 그만 자신의 손톱으로 자기 눈가를 스쳤다. 그러자 순식간에 놀라운 세상이 펼쳐졌다. 밝은 빛의 폭포 아래 아름다운 꽃과 동물들…. 우연찮게 빛을 보게된 여자는 곧 길을 발견했다. 그 길엔 마른 나뭇잎이 뿌려져 있었다. 여자는 한눈에 알 수 있었다. 신이 장난을 친 것임을.

이윽고 여자는 강가에서 물을 길어다가 나뭇잎을 적시며 걸어갔다. 그래서 얼마 후 남자를 보게 되었다. 그날 밤 여자는 남자의 집에 들어가서 자신의 손톱으로 남자의 눈을 열어 주었다.

남자도 늘 꿈에 그리던 존재가 자기 눈앞에 있다는 사실에 감격했고, 두 사람은 그날 밤 사랑에 빠졌다.

이튿날 새벽에 여자가 말했다.

"신은 절대 늦잠 자는 법이 없어요. 난 집으로 돌아갈 테니 오늘 저녁엔 당신이 찾아오세요."

남자는 매우 기뻐하며, 서둘러 밤이 찾아오길 기다렸다. 그리고 밤이 되자 곧장 길을 따라갔다.

그런데 남자는 길 위에 깔린 나뭇잎을 발견하지 못했다. 부스럭거리는 소리에 놀라 신이 길 위의 남자를 발견했고, 신이 그에게 물었다.

"지금 어딜 가는 거냐?"

그 소리에 남자는 고개를 떨구고 아무런 대꾸도 하지 못했다.

"너로구나! 욕망에 먼저 굴복한 것이…. 앞으로도 영원히 그러하리라. 남자가 먼저 여자를 찾아갈 것이고, 여자는 네가 사랑을 애원하기를 기다릴 것이다…."

"그게 아닙니다, 사실은…."

남자는 뭔가를 말하고 싶었지만, 이미 사랑에 빠진 여자한테 신의 엄한 벌이 내려질 것이 두려워 아무 말도 하지 못했다. 그래서 묵묵히 신의 처분을 따랐다. 그래서 그후부터 남자가 먼저 여자에게 사랑을 갈구하며 다가서게 되었다고 한다.

사랑을 깨닫기까지는 여자도 아직 여자가 아니요, 남자도 아직 남자가 아니다. 그러므로 연애는 남녀 다같이 원숙해지기 위해서 필요한 것이다. ○● 스마일즈

눈빛

한 청년이 우연히 알게 된 아름다운 아
가씨에게 한눈에 사랑에 빠졌다. 그런데 그는 소심한 성격이어
서 다가설 용기가 없었다.

그래서 사랑을 고백할 기회가 있었음에도 좀처럼 다가서지
못한 채 그녀의 주위만 맴돌았다.

청년은 마침내 결심을 했다. 용기를 내어 그날부터 그녀에
게 편지를 쓰기 시작한 것이다. 자신이 얼마나 그녀를 사랑하
고 있는지에 대하여 깨알 같은 글씨로 종이를 가득 메웠다.

한 통, 두 통, 세 통…. 편지는 하루도 빠짐없이 매일같이
그녀에게 배달되었다. 그러나 청년은 여전히 그녀 앞에 나설
용기는 없었다. 혹시 그녀에게 거절을 당하지 않을까 전전긍긍
했다.

편지를 받은 여자는 누군가가 자기를 이렇게 사랑하고 있다는 사실에 가슴이 뛰었다. 설렘에 잠을 못 이루며 날마다 날아오는 편지와 함께 어서 그 주인공이 눈앞에 나타나주기를 갈망했다.

'이렇게 애절한 마음을 내보이는 사람이라면….'

그녀는 "편지 왔습니다"라는 우체부의 목소리가 들리면 기쁨에 달려나갔다. 그러면 우체부는 정중히 편지를 건네면서 눈인사를 했다. 그런 우체부의 눈빛은 언제나 진지하고 성실했다. 그녀는 얼굴을 붉히면서 편지를 받아 쥐었다. 그렇게 우체부는 날마다 편지를 배달했다.

그런 시간이 어느덧 2년이나 계속되었고, 청년이 보낸 편지도 500통 넘게 쌓였다. 그 편지가 꼭 600통째 되던 그날은 마침내 그녀의 결혼식 날이 되었다.

순백의 드레스 차림의 그녀는 꽃처럼 아름다웠다. 그런데 놀라운 것은 그 눈부신 신부를 맞아들인 사람이 바로 날마다 편지를 배달했던 그 우체부라는 사실이었다.

결혼식이 끝나고 그녀의 사연을 아는 누군가가 물었다.

"날마다 당신에게 편지를 보낸 그 청년은 아니군요."

수줍게 웃으며 신부가 대답했다.

"제겐 백 마디 아름다운 사연보다 한 번의 따스한 눈빛이

가슴에 와닿았습니다. 저는 그런 눈빛을 무려 600번이나 받았
는걸요."

상대방을 첫눈에 반하게 하려면 자기의 얼굴에 상대편 여성으로 하여금 존경
심과 함께 동정심을 가지게 하는 어떤 자극이 있어야 하는 것이다.
　　　　　　　　　　　　　　　　　　　　　　　　　　　●스탕달

엠마우스

피에르 신부는 세계 빈민구호 공동체 '엠마우스'의 창시자이다. 엠마우스는 희망을 잃고 삶을 포기하려는 사람들이 함께 생활하면서 자신보다 더 힘든 사람들을 위해 봉사하고, 그 과정을 통해 다시 삶을 시작할 용기를 되찾는 곳이다.

제2차 세계대전이 끝난 뒤 피에르 신부가 국회의원에 당선되자 국가에서 집을 한 채 내주었다. 그런데 신부는 그 집이 자기 혼자 살기에는 너무 크다는 생각이 들었다. 그래서 문에 '엠마우스'라는 푯말을 걸고 여행객에게 숙소로 개방했다. 하지만 본래의 의도와는 달리 하나둘씩 모여든 사람은 고아, 가정을 잃은 사람, 감옥에서 나와 갈 곳이 없는 사람, 알코올 중독자들이었다.

하루는 친부 살인죄로 20년을 형무소에서 복역한 남자가 찾아왔는데, 이 사람은 이튿날 아침 피투성이로 발견되었다. 다행히 목숨을 잃지는 않았지만, 자살을 시도했던 것이다. 피에르 신부는 그를 치료해준 다음 자살에 대해서는 단 한마디도 캐묻지 않고, 자기 집에 머물면서 집 짓는 일을 도와달라고 부탁했다.

훗날 그는 피에르 신부에게 이렇게 당시의 심정을 토로했다고 한다.

"그때 신부님께서 저한테 훈계를 하거나 돈을 건네고, 직장을 찾아주려고 했다면 저는 또다시 자살을 시도했을 겁니다. 당시에는 제가 할 수 있는 것이 아무것도 없다고 생각했거든요. 그런데 신부님을 따라 집을 지으러 다니면서, 저처럼 하찮은 인간도 다른 사람을 도울 수 있다는 사실을 깨닫게 되었습니다. 그리고 나한테 목수의 자질이 있다는 것도요…."

엠마우스를 찾아온 사람들은 피에르 신부에게 질문하곤 했다. 자기가 왜 이 세상에 태어났는지 모르겠다고. 그럴 때마다 피에르 신부는 미소지으며 한결같이 대답해주었다.

"사랑하는 법을 배우기 위해서지요."

보상을 구하지 않는 봉사는 남을 행복하게 할 뿐 아니라 우리 자신도 행복하게 한다. 자기의 힘을 인류 전체에게 바치도록 요청되는 것은 단지 선인에 대해서뿐 아니라 우리들 전부에 대한 요망이다. 이런 원칙을 준수하면 버림의 경지에 들어가 이기적인 것을 추구하는 욕망에서 벗어날 수가 있다. 이것이 인간과 짐승의 다른 점이다. ◦ ● 간디

정직한 마음

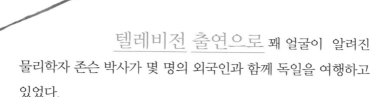

텔레비전 출연으로 꽤 얼굴이 알려진 물리학자 존슨 박사가 몇 명의 외국인과 함께 독일을 여행하고 있었다.

존슨은 일행과 함께 호텔 부근의 번화가를 거닐다가 한 무리의 소년들을 만나 그들에게 사인을 해주었다. 그런데 사인이 채 끝나기도 전에 예약한 버스가 오는 바람에 급히 차에 올라타야만 했고, 그 와중에 그만 사인을 해주던 만년필을 떨어뜨리고 말았다.

차에 오른 그는 창 밖으로 자신의 만년필을 들고 달려오는 소년을 발견할 수 있었다. 하지만 그는 '만년필쯤이야' 하는 생각에 차를 멈추지 않고 그 소년에게 만년필을 가지라는 뜻으로 팔을 흔들어 보였다. 곧 버스를 필사적으로 뒤쫓아오던 소년의 모습도 희미하게 작아졌다.

그후 6개월이 지난 어느날, 존슨 박사는 다 찌그러진 그의 만년필과 한 통의 편지가 들어 있는 소포를 받았다.

친애하는 존슨 박사님께

그날 선생님의 만년필을 우연히 갖게 된 소년은 제 아들이었습니다. 아들 녀석은 만년필을 들고 온 다음날부터 선생님의 주소를 알아내려 무진장 애를 썼지요. 겨우 열세 살 어린아이한테 쉽지 않은 일이었지만, 아들은 꼭 주인에게 물건을 돌려주어야 한다며 포기하지 않았답니다.

그러기를 5개월, 어느날 아들은 우연히 선생님의 글이 실린 신문을 보고는 그 신문사를 직접 방문하여 주소를 알아왔습니다. 그때 기뻐하던 녀석의 모습이 지금도 눈앞에 선합니다.

그런데 한달 전 "어머니, 우체국에 가서 그 박사님께 만년필을 부쳐드리고 오겠습니다"는 말을 남긴 채 훌쩍 집을 나선 아들은 다시는 돌아오지 못했습니다. 너무 기뻐서 무작정 우체국으로 뛰어가다가 달려오는 자동차를 미처 보지 못한 것이지요. 다만 그애가 끝까지 가슴에 품고 있었던 만년필만이 제게 돌아왔습니다. 그래서 저는 비록 찌그러졌지만 이 만년필을 박사님께 돌려드려야겠다고 생각했습니다. 그애도 그걸 원할 테니까요.

한 독일 소년의 정직한 마음을 기억해주시기 바랍니다.

정직과 성실을 그대의 벗으로 삼아라. 누가 아무리 그대와 친할지라도 그대의 몸에서 나온 정직과 성실만큼 그대를 돕지는 못할 것이다. 남의 믿음을 잃었을 때에 사람은 가장 비참한 것이다. 백 권의 책보다 하나의 성실한 마음이 사람을 움직이는 힘이 더 클 것이다.

○● B. 프랭클린

어린아이의 순수한 마음이 세상을 아름답게 합니다.
아이가 없는 세상엔 행복도 없습니다.

사랑의 기적

　　　　　요양원 안의 한 독방으로 안내된 준호는 깨끗한 사방의 벽과 고즈넉한 분위기에 새삼 압도되었다. 한마디로 조용했다. 그 흔한 TV도, 라디오도 없었다.

　　준호가 더욱 놀란 것은 침대 위에 반듯하게 누워 있는 환자였다. 그 환자는 할아버지도 할머니도 아니었다. 언뜻 보기에도 자기 또래쯤 돼 보이는 작은 소녀가 머리를 길게 땋아 한쪽으로 늘어뜨린 채 누워 있었다.

　　'내… 내가 잘못 들어온 건가…?'

　　준호는 허둥지둥 밖으로 나가 다시 한번 문패를 확인했다. 506호… 틀림없었다.

　　그때 한 중년 부인이 준호의 얼굴을 살피며 병실 안으로 들어섰다.

"어서 오세요. 앞으로 일주일간 우리 아이를 보살펴줄 분이시군요?"

"아, 네… 전…."

"잘 부탁합니다. 저 아이의 어미 되는 사람입니다."

부인은 그러면서 조용히 고개를 떨구었고, 준호도 얼떨결에 고개를 숙였다.

대학 2학년생인 준호가 봉사단체에 가입한 것은 지난 학기 초였다. 서클의 몇몇 학우들과 양로원이나 고아원을 찾아다니며 봉사활동을 하면서 나름대로 보람을 느끼고 있었다. 새 학기에 들어와서도 틈나는 대로 도움이 필요한 재활단체를 찾아다녔다. 우연히 찾아온 이 요양원도 그런 시설들 가운데 하나였다.

부인이 과일을 깎으면서 이런 저런 이야기를 들려주었다. 이름이 은영이라는 소녀는 식물인간이었다. 지금으로부터 10년 전, 그녀의 나이 열한 살 때 교통사고를 당한 이후로 저렇게 누워 있다는 것이었다. 10년 전 열한 살이면 지금은 21세…. 준호보다 겨우 두 살이 적었지만, 중학생 정도로만 보이는 앳된 얼굴이었다.

다음날 준호가 병실을 찾았을 때 은영의 어머니는 보이지 않았다. 바깥 날씨가 화창해선지 실내가 너무

밝았다. 준호는 창가의 블라인드를 조금 내리고 나서, 침대 옆에 있는 의자에 앉았다.

은영은 계속 잠들어 있었다. 그녀의 어머니에 의하면, 아주 가끔 눈을 뜰 뿐이며 대부분의 시간을 잔다고 했다. 그녀에게 필요한 것들은 모두 관을 통해서 들어가고 관을 통해서 나왔다. 준호가 몸을 움직여서 해야 할 일은 딱히 없었다. 그는 비로소 자신의 역할을 떠올리고는 피식 조소를 지었다.

'나 같은 사람은 그냥 조용히 앉아 있어라 이거로군…'

사실 그가 할 일이라곤 그 병실의 물건이 도둑맞지 않게 지키는 일, 그것밖에 없었다.

이튿날 준호는 책 한 권을 들고 찾아갔다. TV도 라디오도 없는 병실에서 최소한 무료함이라도 달래기 위해서였다.

은영의 머리맡에 앉아서 조용히 책을 읽던 준호의 시선이 무심코 그녀에게로 향했다. 순간 그는 깜짝 놀랐다.

"…!"

그녀가 어느새 눈을 뜨고 있었던 것이다. 눈 뜬 은영의 얼굴을 본 것은 그때가 처음이었다. 비로소 그녀가 산 사람이라는 사실을 실감할 수 있었다. 은영은 왠지 불안한 시선으로 준호를 바라보았다. 그러다가 잠시 후 그녀의 어머니가 들어오자 안심이 된다는 듯이 다시 잠에 빠져들었다.

준호는 다음날 또다른 책 한 권을 들고
병실을 찾았다. 그날은 은영의 어머니도 일찍 나와 있었다. 그
녀는 딸아이의 손을 잡고 다정하게 이야기를 들려주고 있었다.
그 또래들이 좋아하는 연예인 이야기였다.

준호가 은영의 어머니에게 물었다.

"말을 알아들어요?"

어머니는 조용히 고개를 흔들었다.

"나도 잘 몰라요. 하지만… 알아들을 거라 믿어요…."

은영의 어머니는 바쁜 일로 곧 밖으로 나갔고, 병실 안에는
또다시 은영과 준호뿐이었다.

준호가 의자에 앉았을 때 문득 시트 밖으로 빠져나와 있는
은영의 하얀 손이 보였다. 그 손을 잡고 시트 안으로 넣어주다
가 준호는 그녀의 얼굴을 보았다. 깨어 있었다. 당황한 준호는
순간 어색한 웃음을 지어 보였다.

은영은 다시 잠에 빠져들었고, 준호는 책장을 펼쳤지만 글
자가 눈에 들어오지 않았다. 무슨 나쁜 짓을 한 것도 아닌데,
심장이 마구 두근거렸다.

그 이튿날 병실을 찾았을 때, 그녀의 어머

니는 보이지 않았고 은영은 망연히 눈을 뜨고 있었다. 준호가 다가서며 짧게 인사를 했다.

"안녕?"

확신할 순 없지만, 준호는 언제부턴가 그녀가 '살아 있다'는 것을 강하게 느끼고 있었다. 바로 그때 충격적인 일이 벌어졌다. 은영의 눈동자가 준호를 향하더니 가볍게 웃는 것이었다.

"…?"

'웃었다…? 식물인간은 움직이지 못하는 걸로 알고 있었는데…?

얼마 후 그녀의 어머니가 들어왔고 준호가 사실대로 말해주었다.

"왜 그런 거죠?"

"학생도 느꼈군요. 저 아이가 웃는 것을…."

"느끼다뇨? 그럼 정말로 웃은 건 아니란 말입니까?"

그녀의 얼굴에 다시 그림자가 드리워졌다.

"나도 몇 번이나 봐서 의사선생님께 말씀드렸지만, 그건 착각이랍니다. 저 아이는… 자신의 의지로 움직일 수 있는 부분이 두 눈밖에 없대요."

"…."

"그렇지만 잘 되었네요. 학생도 저 아이가 웃는 걸 느낄 수 있다니… 아마 서로 잘 통하는지도 몰라요…."

준호가 고개를 돌려 은영을 바라보았다. 하지만 그녀는 다시 잠들어 있었다.

은영의 병실을 찾는 것이 이제는 준호의 생활이 되어 있었다. 그는 날마다 병실을 찾아갔다. 그리고 혼자 책을 읽는 대신에 그녀에게 책을 낭독해주기 시작했다. 짧은 동화부터 시작해서 전쟁소설까지, 닥치는 대로 읽어주었다. 그러면 은영은 좀처럼 자지 않고 눈을 물끄러미 뜬 채 준호의 이야기를 모두 듣고 있는 것이었다.

병실에 들어섰을 때 은영은 깨어 있었다.

"30분 전부터 깨어 있었어요. 학생을 기다리고 있었다오."

은영의 어머니가 말하고는 웃어 보였다.

준호는 그날 왠지 허둥대느라고 은영에게 읽어줄 책을 준비해오지 못했다. 그래서 미안하다고 말하고는, 그 대신에 자기가 알고 있는 이야기를 해주었다. 전에 읽었던 책 이야기, 친구 이야기, 시골 고향집 이야기…. 여러 이야기를 들려주었다. 그의 독백과도 같은 대화는 밤늦도록 계속되었고, 은영도 잠들지 않았다.

벽시계는 어느덧 새벽 3시를 가리키고 있었다. 사위가 적막할 정도로 고요했다. 준호는 매우 편안한 느낌에 전에 누구에게도 하지 못했던 자기만의 이야기를 시작했다. 열등감에 시달리는 자기, 여자친구 하나 없는 외로움, 지금까지 용기가 없어 그냥 놓쳐버린 여자들…. 누가 알게 될까 봐 두렵고 창피한 이야기들이었다.

'지금 내가 왜 이런 이야기를 하고 있는 거지? 아무것도 모르는 식물인간이니까…? 정말 그런 거야…?'

그녀에게 넋두리를 늘어놓던 준호는 어느 순간 깜빡 잠이 들었다.

무심코 눈을 떴을 때, 자기 뺨에 따스한 것이 놓여 있었다. 그녀의 손이었다.

"…?"

준호가 여전히 말똥말똥 눈을 뜨고 있는 그녀에게 물었다.

"네, 네가 올려놓은 거니…?"

하지만 그녀가 대답할 리 없었다. 그녀는 단지 말똥말똥 준호만 바라볼 뿐이었다.

"내가 실례를 한 모양이군. 미안해."

준호는 병실을 뛰쳐나왔다.

'꼴 좋구나…. 밤새 넋두리나 늘어놓다니…!'

집으로 들어간 준호는 그대로 골아 떨어졌다.

준호는 다음날 조금 늦게 병실을 찾았다.

언제나 똑같은 모습의 병실, 똑같이 누워 있는 은영.

은영의 어머니가 조금은 아쉬워하는 얼굴로 맞아주었다.

"오늘이 마지막 날이네요…."

"네에…."

"저애가 무척 좋아하는 것 같았는데… 아쉽네요…."

"…."

"학생이 오고 나서부터 저애가 깨어 있는 시간이 길어졌어요. 지금까지는 저런 일이 없었는데…. 의사선생님은 좋은 일이라고 하시더군요."

"네에…."

준호가 언제나처럼 조용히 침대 옆 의자에 앉았다. 그리고 은영에게 말했다.

"오늘이 마지막 날이야. 지금까지 정말 고마웠고…."

준호가 은영 어머니를 의식하며 낮은 목소리로 다음 말을 이었다.

"어제 일은 미안했어…."

은영은 여전히 아무 말이 없었지만, 준호는 또 한번 그녀의 웃음을 감지할 수 있었다.

'봐준다는 뜻인가…?'

다음날부터 준호는 도무지 안절부절 못하고 있었다. 부모님이나 친구들이 한결같이 "너 괜찮냐?"는 질문부터 해올 정도로. 뭔가를 하지 않은 것 같고 분명히 뭔가를 빼먹는 것 같은데 기억이 나질 않았다.

'덜렁거리는 녀석, 또 뭔가를 빼먹고 헤매는군. 멍청하긴…!'

그렇게 일주일을 허비한 끝에 준호는 마침내 그 원인을 찾아냈다. 요양원! 그곳에 뭔가를 놓고 온 것이 틀림없었다. 책을 놓고 온 것이든지, 아니면 다른 무엇이라도 틀림없이!

준호가 다시 찾아가자 은영의 어머니는 무척 놀라면서도 반가워했다. 그는 다시 은영의 두 손을 잡고 이야기를 시작했다. 점심도, 저녁도 잊은 채 대화를 계속했다. 배고프지도 피곤하지도 않았다. 지금 이 시간이 그에겐 둘도 없이 중요한 시간이었기에….

준호는 그날 이후로도 계속해서 은영을 찾아갔고, 그녀의 어머니도 한결같이 반겨주며 고마워했다. 그는 언제나 은영의 손을 잡고 이야기를 했다. 틈이 날 때마다 무슨 책이든 닥치는 대로 읽어 대화의 주제를 찾았다.

준호는 그날도 밤늦은 시각까지 은영의 손을 잡고 있었다.

시간이 얼마나 지났을까. 준호가 문득 은영의 얼굴을 보았다. 웃고 있었다. 준호가 이야기를 해줄 때면 언제나 웃고 있는 그녀였다.

은영의 손을 잡은 준호의 손에 힘이 들어갔다.

"후후… 그래…. 난…, 그러니까 난…."

준호가 말을 더듬거렸다.

그는 오늘 이야기하고 싶었다. 아니, 꼭 해야만 했다. 침이 마르고 입술이 바짝 말라버렸다. 그러나 결국 천천히 입을 열었다.

"나, 너 좋아해…."

누군가를 좋아한다는 말, 정말 거짓말처럼 해버리고 말았다. 23년 만에 처음으로 한 말이었다. 순간 준호는 그녀의 손가락 하나가 희미하게 떨리는 것을 느꼈다.

"우… 움직였어…?"

준호는 급히 간호사를 불렀고, 곧 간호사와 의사가 뛰어왔다. 그러나 간단한 진찰을 마친 의사의 대답은 실망스럽게도 "노!"였다.

"확실히 예전보다 나아지긴 했지만, 아직은 아닙니다."

그 뒤 일주일은 학교 일과 이런 저런 잡스런 일들로 좀처럼 시간을 내지 못했다.

그런데 일주일 후 다시 병실을 찾아갔을 때는 그녀의 방이 비어 있었다.

간호사가 말해주었다.

"어제 저녁에 손가락을 움직였어요. 의사 선생님도 확실하게 보았고요. 그래서 큰 병원으로 옮겨갔습니다."

병원의 위치를 알아낸 준호는 단숨에 그곳으로 뛰어갔다. 그리고 요양원과는 비교도 할 수 없을 정도로 많은 사람들 틈에서 은영의 어머니를 찾아냈다. 그녀는 준호를 보자마자 매달려 울기 시작했다.

"고마워요…. 아이가 차도가 있는 것은 모두 학생 덕택입니다. 근육이 되살아나고 있대요. 이제 움직일 수 있어요. 고마워요… 고마워요…."

준호는 간신히 그녀를 진정시킨 후 은영의 병실로 들어갔다. 그리고는 늘 그랬듯이 손을 잡고 이야기했다.

"정말… 정말 다행이야…."

준호의 눈에서도 눈물방울이 맺히고 있었다.

병원은 요양원처럼 자유롭지는 못했지만, 준호는 시간이 날 때마다 찾아가 은영을 만났다.

그후 6개월 동안 그녀는 정말 많은 발전을 보여주었다. 어떻게 알았는지 신문과 방송에서도 찾아와 '10년 만의 기적'이라며 흥분했다. 정말 대단한 일이었다.

그런데, 어느 순간 준호는 불길한 느낌에 휩싸였다.

'이제 곧 그녀를 만날 수 없게 되겠구나…. 그녀도 다른 사

람처럼 정상인이 되면… 아마 날 만날 일은 없게 될 거야…. 나 같은 사람 거들떠보지도 않겠지….'

몇 달 전 그녀를 좋아한다고 말했던 기억도 떠올랐다.

'만약 그때 말을 할 수 있었다면 뭐라고 했을까…? 뻔하겠지. 나 같은 사람… 관심 없는 건 당연해….'

그후로 몇 달 간, 준호는 정말 은영을 향한 발걸음을 딱 끊었다. 그 후유증으로 전과 같은 상실감이 찾아왔고, 이번에는 더욱 힘들었다. 가끔씩 신문 지면에서 그녀의 기사를 볼 때면 당장에라도 달려가고 싶은 심정이었다. 하지만 그는 고개를 저었다.

'후후, 잊어버리자. 이젠 끝난 일이야….'

그러던 어느날이었다. 집으로 돌아오는 길목에 낯익은 얼굴이 서 있었다.

"…?"

은영의 어머니였다.

"아, 안녕하세요?"

그녀가 먼저 반갑게 인사를 해왔다.

'어떡해야 하나, 지금까지 발길을 뚝 끊은 걸 뭐라고 설명하지…?'

"오랫동안 아무 말 없이 찾아오지 않아서 내가 직접 찾아왔어요. 미, 미안합니다…. 그간 학생도 사정이 있었겠지요….
아이가 무척이나 기다리고 있어요. 가끔씩이라도 들려주세요.
어찌되었건 학생은 아이의 은인이니까요…."

　　은영의 어머니는 우연에 불과한 일일지도 모르는 이 일을
순전히 준호 덕으로 알고 감사했다. 그녀의 말에 의하면, 은영
은 지금 굉장한 차도를 보여 재활치료도 받고 있다는 것이었다.

　　준호가 물었다.

　　"저, 혹시 저를 기억하고 있나요?"

　　"그럼요. 학생이 처음 올 때부터 모두 기억하고 있어요."

　　그 말을 들은 준호의 얼굴이 붉어졌다.

　　'그렇다면 그날 밤 내가 했던 모든 말들, 그 고백도 전부 기
억하고 있단 말인가…?'

　　은영의 어머니는 꼭 한번 들려달라는 부탁을 남기고 돌아
갔다. 준호는 텅 빈 골목에 혼자 서서 오랫동안 생각에 잠겼다.

　　며칠 후 준호가 다시 병원을 찾았을 때, 병
실에는 은영의 어머니가 혼자 앉아 있었다. 그녀의 어머니는
마치 집 나간 자식이 돌아오기라도 한 것처럼 반갑게 맞아주었
다. 은영은 재활치료 중이라고 했다.

　　재활치료실의 커다란 유리창 너머로 여러 환자들이 보였
다. 은영 어머니가 눈짓으로 그녀를 가리켜주었다. 금속으로

만든 지지대에 몸을 싣고 천천히 발걸음을 옮기고 있는 은영이 보였다. 길게 머리를 땋은 얼굴에서는 땀이 흘러내리고 옷은 땀으로 흥건했지만 그녀는 발걸음 옮기기를 쉬지 않았다. 그 모습이 마치 갓 걸음마를 시작한 아이처럼 위태위태해 보였다.

준호는 그대로 돌아서려고 했다.

'건강한 모습을 봤으니 됐다…. 이제 내가 할 일도 없지 않은가….'

몸을 돌려 그곳을 빠져나오려는 바로 그때였다. 안에서 준호를 부르는 소리가 들렸다. 서툰 발음, 마치 낯선 외국인이 부르는 것처럼 서툴기 그지없는 목소리가 그를 부르고 있었다. 준호가 고개를 돌렸다. 은영, 그녀였다. 그녀가 자기를 보며 이름을 부르고 있었다.

"주은… 호 씨이…. 준호 씨이…. 주은… 호오 씨이…!"

은영은 준호의 이름을 몇 번이나 반복해서 부르면서 천천히 그에게로 걸어왔다. 서툴기 짝이 없는 걸음으로 몇 번이나 넘어질 뻔하면서….

그녀의 부름에 준호는 무슨 마술에라도 걸린 듯이 단 한 발짝도 움직일 수가 없었다.

"주은… 호… 씨…!"

은영은 결국 준호의 이름을 부르다가 울먹거리기 시작했다. 마음먹은 대로 움직여주지 않는 자신의 다리를 원망하면서, 계속해서 준호를 향해 다가오고 있었다. 주위 환자들과 보조원들이 그녀를 위해 길을 내주었고, 모두들 그녀를 주시하고 있었다.

여전히 울먹이며 힘들어하는 그녀에게 준호는 마음 속으로 외쳤다. 이제 다 됐어, 이제 얼마 남지 않았어! 힘을 내!

드디어, 힘들게 다가온 은영은 쓰러지듯이 준호의 품에 안겼다. 뒤이어 사방에서 쏟아지는 박수 소리와 환호성…. 준호가 천천히 그녀를 보듬어 안았다. 은영은 여전히 울먹이면서 익숙하지 않은 발음으로 계속 말을 했다.

"에… 에… 차자오지… 아… 안았… 써요…."

원망하듯 말하는 그녀에게 준호는 차마 대답하지 못했다. 네가 날 싫어할까 봐, 네가 떠나버릴까 두려워서 찾아오지 못했다고 대답하지 못했다.

"미안해…."

그녀가 계속 울먹이며 말했다.

"지… 지… 지그음… 까지… 다… 단신을… 차자가려어고… 열씨미…했어어요…."

순간 준호는 가슴이 벅차 올라 아무 말도 하지 못했다.

"난… 그… 그때 말… 기… 기이억하고… 있… 있어… 요…."

그녀는 계속 준호의 가슴에 얼굴을 묻고 말을 이었다.

"나… 나도… 조아해요… 이… 이마를… 하고… 시… 시퍼 써요…."

은영은 그러고 나서 큰소리로 엉엉 울기 시작했다. 준호는 그런 그녀의 땀에 젖은 등을 토닥거리며 달랬다.

'바보 같은 놈. 내가 왜 쓸데없이 걱정을 했을까, 그 쓸데없는 걱정을!'

준호가 은영의 귀에 입을 가져다 대고 조용히 속삭였다.

"고마워…. 그리고… 그리고… 정말 좋아해…."

사랑한다는 말은 끝내 하지 못했다.

준호는 스스로가 원망스러워 죽고 싶은 심정이었다.

'제길! 난 왜 이런 순간까지 용기가 없는 것인가!'

그녀가 훌쩍거리며 고개를 들더니 준호를 똑바로 보며 말했다.

"그…그럴 때는… 사…사랑이라느…는…말을 써도…조… 조을…거예요…."

그 말을 듣고 준호는 은영을 더욱 세게 끌어안았다.

사랑이란 받는 것이 아니라 주는 것이다. 그것은 향락의 거친 꿈도 아니며 정욕의 광기도 아니다. 또한 사랑이란 선이고 명예이고 평화이고 깨끗한 삶이다. 사랑은 기적의 씨앗이다.
— H. 반 다이크

기적의 피아노

독일의 어느 작은 시골 마을에 피아노를 만드는 청년 장인이 있었다. 청년은 엄한 스승으로부터 10여 년 동안 도제 수업을 받아 피아노 제작 분야에 있어서 최고의 경지에 도달했다.

오랜 노력 끝에 장인의 반열에 오른 청년은 마침내 자기만의 피아노를 만들기로 결심했다. 그래서 3년이라는 결코 짧지 않은 시간을 들여 온갖 정열을 기울인 끝에 최고의 피아노를 만들어냈다. 그것은 사람이 연주를 하지 않아도 저절로 울리는 피아노였다.

"됐어! 이제 가장 순수한 마음을 지닌 두 사람이 결혼식을 올리면 이 피아노가 저절로 울릴 거야."

젊은 나이에 장인의 반열에 오른 청년에게는 이미 수많은 처녀들이 줄을 서 있었다. 청년은 그 중에서도 가장 아름답고 마음씨 착한 한 여자를 선택하여 청혼했다.

마을 교회에서 두 사람의 결혼식이 열리는 날이었다. 청년은 자신이 만든 그 '최고의 피아노'를 교회에 옮겨놓았다. 그리고 이제 많은 하객들이 피아노에서 저절로 울려퍼지는 음악소리에 놀랄 거라 생각하니 절로 웃음이 나왔다.

결혼식이 시작되었다. 하지만 신부의 행진이 끝나도록 그 피아노 소리는 울리지 않았다. 청년은 크게 좌절하고 말았다.

"이럴 수가! 그렇게 착하고 예쁘게만 보였는데 사실 마음은 그렇지가 않다니⋯!"

청년은 그 길로 교회를 뛰쳐나가 종적을 감추고 말았다.

그로부터 무려 40여 년의 세월이 흘렀다.

거의 부랑자가 되어 이 거리 저 거리를 떠돌아다니던 그 장인이 우연히 다시 고향 땅을 밟았을 때였다. 마을 교회 앞에 마을 사람들이 잔뜩 모여 있었다. 검게 차려 입은 사람들의 복장을 보니 누군가의 장례가 치러지는 모양이었다.

"누가 돌아가셨는데 이렇게 조문객들이 많습니까?"

떠돌이의 물음에 한 노인이 대답해주었다.

"예, 이 마을에서 가장 마음씨 착한 마님이지요. 마을의 노인과 불쌍한 고아들을 위해 전 생애를 바치셨던 고귀한 분이랍니다. 결혼식 때 자신을 버리고 간 못된 사내를 기다리며, 평생을 처녀로 지내다 결국 병까지 얻어 돌아가셨다오. 저분을 아무런 이유도 없이 내팽개치고 간 놈을 생각하면…."

"…."

이윽고 이제 노인이 다 된 장인이 행렬을 따라 교회 안까지 들어갔다. 그리고 수많은 조문객들의 눈총도 뿌리친 채 앞쪽에 자리잡은 그녀의 관을 향해 뛰어갔다.

"흐흐흑…!"

죽은 사람은 바로 그의 옛 신부였던 것이다. 까닭을 알 리 없는 사람들은 관 위에 엎드려 흐느끼는 그를 이상하게 쳐다보았다.

오랜 방황에 지친 그가 오열을 삼키다가 쓰러졌을 때, 그곳에 모인 사람들의 눈앞에 영원히 잊지 못할 기적이 일어났다. 40여 년 동안 단 한번도 울리지 않았던 피아노에서 일찍이 들어보지 못한 너무나도 아름다운 음악이 저절로 연주되기 시작했기 때문이다.

진리, 그것은 생명이다. 그것을 머릿속에서 찾으려 해서는 안 된다. 다른 사람들의 마음 속에서 구하라. 다른 사람의 생을 알고 그 운명을 받아들이고 그것을 사랑하라.

○● 로망로랑

행운목

맞벌이하는 영순의 직장으로 이상한 전화가 걸려왔다.

누군가 전화를 해서는, 받으면 아무 말도 없고, 수화기를 내려놓으면 또다시 걸어서 아무 말이 없는 것이었다.

'어떤 녀석이야…?'

그런 식의 전화는 그 뒤로도 몇 번이나 되풀이되었다.

이제 화가 난 영순은 한번만 더 걸려오기만을 벼르고 있었다.

또다시 벨이 울렸다.

영순은 수화기를 집어들기가 무섭게 "너 누구야?"하고 빽 소리쳤다.

그러자 수화기 저편에서 모기만한 목소리로 들려오는 아이의 목소리.

"엄마…!"

영순의 막내딸 리라의 목소리였다.

영순이 간신히 화를 억누르며 물었다.

"리라야, 여태 전화한 게 너였니?"

"응, 엄마."

"왜 전화를 해서 아무 말도 않고 끊는 거야? 엄마가 지금 얼마나 바쁜데…!"

영순은 아이가 전화한 용건을 들어줄 생각도 않고, 몇 마디 꾸중을 한 다음 일방적으로 전화를 끊었다.

그후 리라는 더 이상 전화를 해오지 않았다.

영순은 퇴근 후 집에 도착하자마자 리라를 찾았다. 리라는 자기 방 컴퓨터 앞에 앉아 게임을 즐기고 있었다. 영순이 다짜고짜 리라의 손목을 잡아끌며 물었다.

"왜 전화 걸고 말을 안 했어? 응?"

그러자 리라는,

"엄마한테 좋은 냄새 맡게 해주려고…."

"냄새…?"

"저기… 베란다에… 꽃이…."

하며 베란다 밖의 행운목을 가리켰다.

리라의 말은 사실이었다. 햇살 잘 드는 베란다에는 10년에

한 번만 핀다는 행운목이 어느새 피어 있었다.

꽃을 제일 먼저 발견한 딸아이가 그 독특하고 좋은 향기를 엄마에게도 맡게 해주려고 전화를 했던 것이다. 전화 수화기를 베란다 쪽으로 대고는 끊기면 다시 걸어서 대고… 그랬다는 것이다.

바쁘다는 핑계로 리라가 무슨 생각을 하는지, 집에 무슨 꽃이 피고 지는지조차 모르고 살고 있던 영순은 와락 아이를 끌어안고는 한동안 많은 생각에 잠겨 있었다.

어린이가 없는 곳에 천국은 없다. ◦● A. C. 스윈번

사랑이란 선이고 명예이고 평화이고 깨끗한 삶입니다.
사랑은 기적의 씨앗입니다.

영혼을
울리는
사랑의 향기

작은 관심

빌은 어느 날 학교 수업을 마치고 귀가 하던 중 앞서 걸어가던 한 학생이 발을 헛디뎌 넘어지는 광경을 목격했다. 그 바람에 그 친구가 들고 있던 물건들이 죄다 길바닥에 흩어졌다. 책과 필기구, 야구 글러브와 방망이, 소형 카세트 녹음기 등이 바닥에 떨어졌다.

빌은 얼른 뛰어가서 허리를 숙이고 그 친구가 자기 물건을 챙기는 것을 도와주었다. 그리고 마침 방향이 같았기 때문에 한사코 사양하려드는 그 친구의 짐을 나눠 들었다.

나란히 걸어가면서, 빌은 친구의 이름이 마크라는 것을 알았다. 또한 마크가 보드게임과 야구와 수학 과목을 좋아하며, 다른 과목들은 점수가 형편없다는 것을 알았다. 그리고 얼마 전에 여자 친구와 헤어져 심한 마음의 상처를 받고 있다는 사실까지도.

　두 친구는 먼저 마크의 집에 들렀다. 마크는 빌에게 음료수를 대접하고, 둘은 함께 비디오 한편을 감상했다. 이런저런 대화를 나누고 웃기도 하면서 오후 시간을 즐겁게 보낸 뒤, 빌은 자기 집으로 돌아왔다.

　그후 두 친구는 학교에서 곧잘 마주쳤다. 이따금씩 점심시간에 만나 함께 식사도 하고 이야기꽃을 피우기도 했다. 그렇게 중학교 시절을 보낸 두 사람은 우연히 같은 고등학교에 진학했고, 그 뒤에도 수시로 만나 변함 없는 우정의 끈을 이어나갔다.

　마침내 그들이 고등학교를 졸업할 무렵이 되었다. 졸업을 한 달쯤 앞둔 어느날 마크가 빌의 교실로 찾아왔다. 마크는 몇 해 전 그들이 처음 만났던 때를 상기시키면서 빌에게 이런 이야기를 들려주었다.

　"빌, 그날 내가 왜 그 많은 물건들을 집으로 갖고 갔는지 넌 궁금하지 않았니?"

　"…?"

　"그때 난 학교 사물함에 있던 내 물건들을 전부 치웠던 거야. 내 잡동사니들을 다른 사람들에게 남겨두고 싶지 않았거든. 난 그때 어머니가 복용하는 수면제를 훔쳐 한 움큼씩 모아두었고, 그날 집에 돌아가서 자살을 할 결심이었어. 그런데 너와 함께 웃고 대화하는 사이에 생각이 달라졌지. 만일 자살을 했다면 이런 소중한 순간을 갖지 못했을 것이고, 또다른 좋은 시간들을 갖지 못할 것이란 생각이 들었어. 빌, 네가 그날 길바닥에 떨어진 내 물건들을 주워주었을 때 넌 정말 큰일을 한 거야. 넌 내 생명을 구했어."

누구나 위대한 사람이 될 수 있습니다.
　　왜냐하면 누구나 남에게 필요한 존재가 될 수 있으니까요.

소녀의 사랑

어릴 적 소년의 앞집에는 귀여운 소녀가
살고 있었다.

소녀의 이름은 따로 있었지만, 소년은 그 아이에게 '빵순
이'라는 별명을 붙여주었다. 그런 별명을 붙일 정도로 무척이
나 빵을 좋아했다. 특히나 소년의 집 가게에서 파는 빵을.

그래서 소년은 부모님 몰래 가게의 빵을 훔쳐다가 소녀를
먹이느라 정신이 없었다.

둘은 그렇게 3년을 절친하게 지냈다. 하지만 어느 해 소년
네 빵가게가 장사가 안 돼 망하는 바람에 멀리 이사를 하게 되
었다.

소녀와 헤어지기 전에, 소년은 동네의 다른 빵집으로 달려
가 소녀가 그렇게 좋아하던 노란 크림빵을 샀다. 그리고 그걸

소녀에게 마지막 선물로 주었다.

그런데 소녀는 그 좋아하는 크림빵을 마다한 채, 소년더러 가지 말라고 하는 것이었다. 눈에 그렁그렁 눈물이 맺힌 채로.

소년이 소녀의 손을 꼭 잡고 말했다.

"이담에 꼭 나한테 시집와. 그럼 내가 맨날 맛있는 빵 만들어줄게."

소녀가 말없이 고개를 끄덕였다.

소년과 소녀는 그렇게 헤어지고 말았다.

짐 실은 용달차를 타고 그 동네를 떠나던 소년의 눈에서도 눈물이 흘러내렸다.

소년은 다짐했다.

"난 꼭 빵집 주인이 될 거야. 그래서 너한테 세상에서 제일 맛있는 빵을 먹여줄 테야…"

어느 일요일, 소년은 어머니가 집에서 도넛을 만드는 것을 구경하게 되었다. 밀가루에 물도 넣고 달걀도 넣고…. 어느 정도 반죽을 하자 덩어리가 만들어졌고, 어머니는 그것을 기름에 튀겨서 꺼냈다. 그 맛있는 도넛을 먹으면서, 소년은 또다시 소녀를 생각했다.

부모님이 집을 비운 어느날, 소년은 혼자 그 빵을 만들기로 결심했다.

엄마가 하던 대로 반죽을 하고 나서 팬에 기름을 붓고 불을 붙였다.

그런데, 일이 벌어지고 말았다. 순간의 실수로 달궈진 기름을 엎었고, 그 바람에 소년은 손을 모두 데이고 말았다. 끔찍한 통증이 밀려왔고, 소년은 그만 정신을 잃었다.

한참 후 정신을 차리고 보니 병원이었고, 곁에서 어머니가 울고 계셨다. 그리고 화상을 입은 소년의 손에는 하얀 붕대가 감겨 있었다. 며칠 후 붕대를 풀었을 때, 화상으로 흉이 지긴 했지만, 움직이는 데는 이상이 없었다.

소년은 계속 소녀를 생각하면서 빵 만드는 일에 전념했고, 그렇게 나이를 먹어감에 따라 어느덧 의젓한 제빵 기술자가 되었다. 드디어 꿈에 그리던 그 소녀를 찾아갈 때가 된 것이었다.

"누구세요?"

"네, 안녕하세요? 저 기억하세요? 앞집에 살던 동민인데요…."

"아! 너 동민이구나!"

"저, 영순이 집에 있나요?"

"여, 영순이…?"

"네, 영순이요."

"저… 동민아…."

순간 묘한 슬픔의 그림자가 소녀 어머니의 얼굴에 스쳤다.

"영순이는 원래부터 병을 앓았단다…. 불치병인데, 암이 혈관을 타고 옮아가는 병이었지…. 그래서 몸이 조금씩…."

그 말을 듣는 순간 소년은 들고 간 빵을 바닥에 떨어뜨리고 말았다.

어느덧 두 눈에 한가득 눈물이 고인 소녀의 어머니가 그 빵을 보고 물었다.

"그런데… 빵은 왜 사왔니?"

"영순이 주려고 제가 만든 빵인데…."

"빵이라니? 그앤 빵 입에도 안 댔었는데?"

"네에…?"

소년은 그제야 알 수 있었다. 소녀가 자기를 얼마나 좋아했었는지를. 소녀가 입에도 대지 않던 빵을 순전히 자기를 위해서 그렇게 맛있게 먹어주었다는 사실을….

참된 사랑이란 아름다운 꽃과 같은 것이어서 피어난 지면이 메마른 땅이면 땅일수록 한층 더 보기에도 아름다운 것이다.
○● 발자크

어긋난 사랑

한 남자와 한 여자가 강남의 어느 의류회사 디자인실에 함께 근무하고 있었다. 입사 시기도 비슷한 두 사람은 같은 일을 하면서 가까워진 회사 동료이자 마음이 잘 맞는 친구 사이였다.

그런데 언제부턴가 여자의 가슴 속으로 자꾸만 딴 생각이 스며들었다. 동료이자 친구인 그를 이성으로서 좋아하게 된 것이다. 하지만 이상하게도 그 앞에 서면 늘 마음에 없는 말만 하게 되고 괜히 딴 남자 이야기만 늘어놓고 통 마음을 열지 못했다.

그런데 사실은 그 남자도 마찬가지였다. 그녀를 사랑하는 마음이 깊어갈수록 무관심한 척 딴청을 부렸다.

두 사람은 그렇게 서로를 좋아하면서도 자신의 속내를 들킬까 봐 조마조마해하면서, 친구와 연인의 경계선에서 아슬아

슬한 줄다리기를 벌이고 있었다.

그러다가 여자에게 결혼을 전제로 한 다른 남자와의 만남의 기회가 생겼다. 그녀는 마지막으로 남자의 마음을 떠볼 마음에 그에게 넌지시 이 사실을 알렸다. 그 소리를 듣고 난 남자는 속으로 하늘이 무너지는 것 같았다. 하지만 여자 앞에서 자기 마음과는 정반대의 말을 해대는 것이었다.

"야, 축하한다! 너도 이제 노처녀를 면하겠구나! 야, 정말 잘됐다…!"

그러다 웨딩드레스는 자기가 직접 만들어주겠다는 선심까지 썼다.

그날 밤 여자는 커다란 상실감에 잠을 이룰 수가 없었다. 하지만 남자의 마음을 확인한 이상 그를 포기해야겠다고 생각하고 이튿날 홀가분한 심정으로 다른 남자를 만났다. 상대는 첫인상과 조건이 매우 좋은 사람이었다. 두 사람은 3개월쯤 데이트를 하다가 양가 부모의 허락을 받아 결혼식 날짜를 잡았다.

결혼식을 하루 앞둔 저녁에 여자는 친구가 만들어준 그 웨딩드레스를 입어보았다. 그런데 드레스가 조금 이상했다. 길이가 다른 드레스에 비해 10센티미터 정도 짧았던 것이다.

"이게 왜 이렇지? 치수를 잘못 알았나…?"

수선을 하거나 다른 드레스로 바꿀 수도 있었지만, 여자는 그렇게 하지 않았다.

'그래도 그 사람이 만들어준 하나뿐인 옷인데….'

여자는 길이가 맞지 않아 약간 볼품이 떨어지는 그 드레스를 입고 무사히 결혼식을 치렀다.

그후 20여 년의 세월이 흘렀고, 어느덧 숙녀로 성장한 그녀의 딸아이가 결혼할 나이가 되었다.

딸의 결혼식을 며칠 앞둔 어느날, 여자는 그간 고이 간직해 두었던 자신의 웨딩드레스를 꺼내보았다. 수리를 해서 딸에게 물려줄 수 있는지를 보기 위해서였다. 그러나 딸의 신장이 그녀보다 훨씬 커서 드레스의 길이가 너무 짧았다. 그래서 할 수 없이 단을 내기로 했다.

그런데, 드레스의 단을 풀었을 때 그 속에서 누렇게 탈색된 편지 한 장이 나타났다.

"…?"

'이대로 너를 보낼 수 없어. 사랑한다. 지금이라도 내게 돌아와줘….'

그것은 처음이자 마지막인 남자의 절규 섞인 고백이었다.

우리들은 나중에서야 비로소 자신이 저질렀던 모든 잘못을 뼈에 사무치도록 알게 된다.
　　　　　　　　　　　　　　　　　　　　　　　○●존 레이

고백

남

난 그녀에 대해서 많은 것을 알고 있다.

아침에 그녀는 꼭 커피를 마신다. 밀크가 아닌 블랙커피로 두 잔.

그녀는 화요일과 금요일에 목욕을 한다.

그녀는 말하기 전에 항상 "응"이라고 말한다.

그녀는 지금 내 뒷자리에 앉아 잠시 창밖을 내다보고 있다. 그런 그녀가 지금 무슨 생각을 하고 있는지도 난 알고 있다.

그녀는 하기 싫은 일을 부탁받을 때는 그냥 웃는다.

전혀 내색을 않는 그녀지만 기분이 좋으면, 팔을 톡톡 두 번 건드리며 이야기를 건넨다.

그녀의 집은 10시가 되기 전에 모두 잠이 든다. 그래서 밤 늦게 그녀와 통화한다는 것은 매우 어려운 일이다.

그녀는 바지보다는 치마를 좋아하며 연분홍을 좋아한다.

긴 머리는 아니지만 적당히 머리를 기르고 다니며, 수요일까지는 밤색 머리띠를 주말까지는 흰색 머리핀을 한다.

그녀는 표준어를 쓰지만, 상대방 이름을 부를 때에는 사투리 억양이 섞인다. 또한 반가운 사람의 이름을 두 번 부른다는 것도 난 알고 있다.

지금 그녀가 도서관 저쪽 편에서 일기를 쓰고 있다는 것도 알고 있다.

그리고,

그녀가 날 사랑하지 않는다는 것도 나는 알고 있다….

여

그는 모르는 것이 너무나 많다.

그는 아침마다 내가 뽑는 커피가 그의 것인지를 모른다.

내가 그와 수업을 같이 하는 날 목욕을 한다는 것도 모른다.

그는 내가 긍정적이라고 생각하지만, 내가 그 말을 항상 자기를 위해 하고 있다는 사실을 모른다.

지금 그의 뒷자리에 앉아 창에 비친 자기 모습을 보고 있다는 것을 그는 모른다.

그는 하기 싫은 일을 내가 묵묵히 잘 해낸다고 생각하지만, 나의 침묵이 긍정의 의미란 사실을 알지 못한다.

내가 기분이 좋을 때, 그와 손을 잡고 얼마나 이야기를 하고 싶어하는지 알지 못한다.

늦은 밤에도 그의 전화를 기다리며, 불 꺼진 어둠 속에서 얼마나 그를 그리워하는지 모른다.

난 내가 좋아하는 청바지를 입을 수가 없다. 그가 치마 차림을 좋아하고 연분홍을 좋아하기 때문에.

그는 기억하지 못한다. 몇 년 전 친구들과 돈을 모아 선물한 밤색 머리띠를. 또 그가 흰색 머리핀을 한 어느 여인이 매우 인상 깊었다고 말했던 사실도.

그는 내가 자신의 이름에만 억양을 넣는다는 것을 모른다.

그리고 지금 내 일기장에 그의 이름을 가득 채우고 있다는 사실도…, 내가 자기를 얼마나 사랑하고 있는지도….

오해는 뜨개질하는 양말의 한 코를 빠뜨린 것과 같아서, 처음에 고치면 단지 한 바늘로 해결된다.
◦● 괴테

마지막 편지

미국 알래스카에 위치한 한 산봉우리는 사람들을 죽음으로 몰아가는 것으로 악명이 높았다. 그래서 그곳 고속도로를 오가며 화물을 운반하는 트럭 운전사들은 공포와 경외감을 갖고 그 산을 대했다.

그 고속도로는 사계절 모두 위험했지만, 산을 감싸고도는 숱한 커브 길과 비탈길들이 빙판으로 뒤덮이는 겨울철이 특히 위험했다. 도로 옆에는 까마득한 절벽이 도사리고 있었다. 수많은 트럭 운전사들이 그곳에서 목숨을 잃었으며, 앞으로도 얼마나 많은 사람들이 그곳에서 마지막 운행을 하게 될지 모른다.

부치 역시 그 위험한 도로를 오가는 트럭 운전사였다. 그 날도 화물을 싣고 그 고속도로를 달리던 중에 캐나다 산악 경찰대와 마주쳤다. 구조대원들과 여러 명의 구경꾼들이 운집한

가운데서 거대한 기중기가 깎아지른 낭떠러지 밑으로 추락한 트럭 한대를 끌어올리고 있었다. 부치는 도로 옆에 차를 세우고 나서, 형체를 알아볼 수 없을 정도로 부서진 트럭이 서서히 위로 들어올려지는 광경을 지켜보았다.

그때 경찰 한 명이 주변에 웅성거리고 있던 구경꾼들에게 다가와 조용히 말했다.

"우리가 찌그러진 차체를 발견했을 때 운전사는 이미 사망한 후였소. 아마도 이틀 전 폭설이 내렸을 때 절벽으로 굴러떨어진 것 같소. 차체가 햇빛에 반사되는 걸 보고 나서야 겨우 발견할 수 있었소."

경찰은 참담한 표정으로 천천히 고개를 흔들더니 두툼한 자기 점퍼 주머니에 손을 넣었다. 그리고 종이 한 장을 꺼냈다.

"여기 그가 쓴 이 편지를 보시오. 아마도 그는 동사하기 전에 몇 시간 동안은 살아 있었던 것 같소."

고속도로 순찰 경찰인 그의 이름은 스미스였다. 부치는 경찰관이 우는 모습을 한번도 본 적이 없었다. 늘 끔찍한 사고 현장과 죽음을 대면하는 그들이었기에 면역이 되어 눈물이 흐를 까닭이 없으리라 생각했다. 그런데 지금 스미스는 운전사들에게 편지를 건네면서 눈물을 닦는 것이다.

사람들이 그 편지를 돌려 읽기 시작했다. 그런데 편지를 읽는 사람들마다 눈물이 글썽였고, 차례가 되어 편지를 읽은 부치도 곧 눈물을 흘려야만 했다.

얼마 후, 사람들은 저마다 말없이 각자의 트럭으로 돌아갔고, 부치 역시 자기 트럭으로 돌아왔다. 그러나 그 편지의 내용은 무겁게 그의 뇌리를 짓누르고 있었다.

사랑하는 수잔,

어떤 남자도 이런 식의 편지는 쓰고 싶진 않을 것이오.

하지만 나는 지금껏 수없이 잊고 하지 못했던 말들을 이제나마 할 수 있으니 참 다행이라고 할 수 있소.

난 정말 당신을 사랑하오. 이것이 내가 하고 싶은 말이오.

당신은 곧잘 내게 말했소. 내가 당신보다 트럭을 더 사랑한다고. 내가 트럭과 더 많은 시간을 보낸다고 불평하곤 했지. 당신 말대로 정말 나는 이 쇳덩어리를 미칠 듯이 좋아하오. 이놈은 정말 나에게 충실했소. 녀석은 내가 힘든 시간과 힘겨운 장소들을 통과하는 광경을 지켜보았소. 정말이오. 녀석은 거대한 화물을 싣고서도 불평 한마디 하지 않았고, 지금껏 내 위신을 떨어뜨린 적이 한번도 없었소.

하지만 수잔, 당신은 알고 있소? 내가 이와 똑같은 이유로 당신을 사랑한다는 것을? 당신 역시 내가 힘겨운 시간과 힘겨운 장소를 통과하는 것을 지켜봐왔소.

수잔, 우리의 첫 번째 트럭을 기억하오? 고장이 밥먹듯

잦았지만 그래도 우리가 굶지 않을 만큼 돈을 벌어준 그 중고 트럭 말이오. 그 트럭의 할부금을 내기 위해 당신은 일자리를 구해야만 했소. 내 수입은 죄다 트럭에 쏟아 부어야 했고, 당신의 수입으로 간신히 집세를 낼 수 있었소. 그때 난 수시로 그 고물 트럭에 대해 불평을 늘어놓았지만 고단한 몸을 이끌고 집에 돌아온 당신은 불평 한마디 하지 않았소. 그렇소. 지금 난 당신이 나를 위해 포기했던 그 모든 것들을 떠올리오….

새 옷과 휴가, 파티, 친구들과의 만남…. 모든 부분에 대해 당신은 한마디 불평도 하지 않았고, 나 역시 그런 당신한테 고맙다는 빈말 한마디 건넨 적이 없소. 동료들과 어울려 커피를 마실 때에도 난 언제나 트럭과 장비에 대해 말했소. 당신이 나와 함께 트럭 조수석에 앉아 있는 것은 아니었지만, 당신이 나의 영원한 동업자란 사실을 까마득히 몰랐던 것이오.

우린 결국 우리가 그토록 원하던 새 트럭을 살 수 있었소. 하지만 그건 온전한 나의 노력이라기보다 수잔 당신의 묵묵한 희생과 결단력 덕분이었소. 새 트럭에 대한 내 자부심은 정말 대단했소. 하지만 난 그것에 대해 당신에게 말한 적이 한번도 없소. 당연히 그것을 알고 있으리라 생각했으니까. 그러나 만일 내가 트럭에 왁스칠을 하는 데에 들인 시간의 절반만큼이라도 당신과 대화하는 데 할애했더라면….

　도로 위를 달려온 지난 숱한 세월 동안 난 언제나 알고 있었소. 당신의 기도가 늘 나와 함께 달리고 있었다는 사실을. 그런데 이번에는 당신의 기도가 약간 부족했던 모양이오. 오늘 난 뜻하지 않게 사고를 당했고, 사실 상태가 별로 좋지 않소. 아무래도 이것이 내 마지막 운전이 될 모양이오. 이제 난 아주 늦어버리기 전에 당신한테 진작 말해줬어야 했던 것을 고백하고 싶소. 그 동안 지나치게 트럭과 일에 몰두하느라 잊고 있던 것들 말이오.

　수잔, 나는 지금 그 동안 내가 기억하지 못하고 지나쳐버린 숱한 기념일들에 대해 생각하고 있소. 당신 혼자서 참석해야만 했던 아이들의 학교 모임들과 하키 경기들. 내가 운전을 잘하기를 고대하며 당신 혼자서 보낸 그 숱한 밤들에 대해 생각하고 있소. 매번 당신한테 전화를 걸어 목소리를 듣고 안부를 물을까 생각했지만, 무슨 까닭에선지 난 그것조차 잊고 말았소. 집안의 모임이 있을 때마다 당신은 일가 친척들에게 왜 내가 참석하지 못하는가를 설명하며 난처해했을 것이오. 엔진오일을 교환하느라 바빴거나, 정비하느라 시간이 없거나, 이튿날 새벽 일찍 떠나야 했기에 잠을 청하고 있었소. 따지고 보면 항상 이유가 있었소. 하지만 이제 와 생각하니 그것들은 내게 그렇게 대단한 게 아니었소.

우리가 처음 가정을 꾸몄을 때 수잔 당신은 스스로 전구 하나 갈아 끼우지 못했었소. 그러던 당신이 불과 2년 만에 내가 화물 선적을 기다리는 동안에 혼자서 보일러 수리를 끝냈지. 당신은 아주 훌륭한 기술자가 되어 내 트럭 수리를 도왔고, 당신이 직접 트럭에 올라 시동을 걸고 후진했을 때 난 정말로 가슴이 벅차도록 당신이 자랑스러웠소.

낮 2시든 새벽 2시든 나한테는 당신이 언제나 영화배우처럼 멋져 보였소. 당신은 정말 대단한 미인이오. 당신에게 언제 이런 얘길 한 적은 없지만, 당신은 그 어떤 여자보다도 아름다운 미인이오.

내 인생에서 나는 많은 실수를 저질렀소. 하지만 내가 유일하게 잘한 것이 있다면 그건 바로 당신에게 청혼을 한 것이오. 좋을 때나 나쁠 때나 당신은 항상 내 곁에 있어주었소. 당신을 사랑하오. 그리고 우리 아이들을 사랑하오.

수잔, 내 몸은 지금 큰 부상을 당했소. 하지만 내 가슴은 더 많은 상처를 입었소. 내가 이 여행을 마쳤을 때 당신은 그곳에 없을 것이오. 우리가 함께 살기 시작한 이래로 이제 나는 정말로 처음 혼자가 되었고, 그것이 두렵소. 난 지금 당신이 매우 필요하오. 하지만 이미 너무 늦어버렸다는 사실을 알고 있소. 우스운 일이지만, 지금 나와 함께 있는 것은 이 트럭뿐이오. 그토록 오랫동안 우리의 삶을 지배해온

이 망할 놈의 트럭 말이오.

지금 당신은 수백 킬로미터 떨어진 곳에 있지만 당신이 여기에 나와 함께 있음을 느낄 수 있소. 그러나 이제 마지막 달리기를 혼자 끝마쳐야 하는 것이 두렵소. 우리 아이들에게 내가 세상의 누구보다도 사랑한다고 전해주시오. 그리고 어떤 아이도 트럭을 몰게 하진 마시오.

수잔, 이제 시간이 다 되었음을 실감하오. 당신 혼자서 살아갈 날들이 걱정스러울 뿐이오. 내가 이 생에서 그 어떤 것보다 당신을 사랑했음을 기억해주오. 단지 이 말을 하고 싶었소.

안녕, 내 사랑….

우리는 어디서 태어났는가 ―사랑에서.
우리는 무엇으로 완성되는가 ―사랑에 의해서.
우리를 울리는 것은 무엇인가 ―사랑.
우리를 행복하게 하는 것은 무엇인가 ―사랑.
우리는 어떻게 멸망하는가 ―사랑이 없어서.

○● 괴테

내 인생에서 나는 많은 실수를 저질렀소. 하지만 내가 유일하게 잘한 것이
있다면 그건 바로 당신에게 청혼을 한 것이오.

영혼으로 사랑하다

시골에서 부모님을 모시고 농사를 지으며 살아가는 청년이 있었다. 잘생긴 얼굴에 시원시원한 성격, 섬세한 배려까지 어느 것 하나 나무랄 데 없는 청년이었다. 그러나 누구 하나 농촌으로 시집오겠다는 처녀가 없어서 서른이 넘도록 결혼을 하지 못했다.

그러던 청년이 어느날 인터넷을 하다가 한 여자와 이메일을 주고받게 되었다. 청년은 자기 이름 대신 '바다'라는 닉네임을, 여자는 '초록물고기'라는 닉네임을 썼다.

청년이 느끼기에 여자는 아는 것이 많으면서도 겸손하고 착한 마음씨를 지니고 있었다. 그래서 그런지 농촌에 대해서도 많은 이해를 하고 있는 것 같았다.

주고받는 메일의 횟수가 잦아지면서, 청년의 가슴 속에는 그녀를 향한 분홍빛 그리움이 물들고 있었다. 그래서 마침내 둘 사이가 무척 가까워졌다고 여겨졌을 때, 청년은 자신의 뜨거운 마음을 담아 프러포즈를 했다.

하지만 그녀는 그가 가까워지고자 하면 할수록 점점 더 움츠러들고 멀어지는 것이었다. 청년이 자신의 심정을 고백하기 전에는 하루에도 서너 통씩 날아오던 메일이 일주일을 기다려야 겨우 답장이 올 정도였다.

청년은 절망했다. 그렇게 믿어왔던 사람이었기에, 그렇게 확신하고 싶었던 사랑이었기에 더욱 절망했다.

'그래, 누구도 시골에서는 살고 싶지 않은 거야. 다 이상일 뿐이야…!'

청년은 도무지 일이 손에 잡히지 않았다.

그는 여자에 대해서 아는 것이 전혀 없었다. 그녀의 닉네임이 초록물고기란 것밖에는…. 자신이 얼굴도 모르는 여자에게 이렇게 빠져버릴 줄은 몰랐다. 그 무엇에도 겁이 없던 그가 이제는 그녀가 자취도 없이 사라져버리지나 않을까 두려웠다.

한 달째 이메일 답장이 없었다. 의도적으로 피하는 것인지, 아니면 다른 무슨 일이 있는지 도저히 알 길이 없었다. 청년은 다시 절절한 자신의 마음을 담아 그녀에게 메일을 썼다. 그러자 한 달 뒤 그토록 애타게 기다리던 초록물고기로부터 답장 메일이 왔다.

바다님!

당신을 사랑해도 될지 정말 많은 시간 고민했습니다.

그러나 이제는 제 진실을 말할 때가 되었다고 봅니다.

사실 전 어려서부터 한 쪽 다리가 불편한 소아마비를 앓고 있습니다. 또한 어릴 적에 입은 화상으로 얼굴에도 흉터가 많고요. 그래서 직장생활은커녕 집 안에서 혼자 숨어서 살아가고 있습니다.

가진 것도 없고, 더군다나 몸마저 이러니 누구 하나 쳐다보는 사람이 없지요. 그 동안 인터넷을 통해 여러 사람을 만나보았지만, 모두들 저의 실체를 알고는 등을 돌리더군요. 그후론 호감을 주는 사람이 있으면 제가 먼저 등을 돌리곤 했습니다. 사랑을 시작하기도 전에 버림을 받을 제 자신이 너무 가여워서요…. 그래서 님께 다가설 수 없었지요. 님은 이런 저를 사랑하실 수 있겠어요?

청년은 눈앞이 캄캄해졌다. 그토록 학수고대했던 답장이었지만, 그녀의 모든 것을 알게 되자 실망이 매우 컸다.

육체보다는 영혼이 중요하다고 자부했던 그였기에 심적인 고통이 더욱 컸다. 남에게는 정신을 강요하면서 정작 자신은 껍데기를 중시하고 있지 않은가! 나 스스로 위선자가 아니었던가!

청년은 몇날 며칠을 고통스레 번민을 계속했다. 그러다가 마침내 마음을 굳히고 다시 그녀에게 메일을 보냈다.

사랑하는 초록물고기님!

이제 당신에게 사랑한다는 말을 해야겠습니다.

사랑하는 사람, 초록물고기님, 그 동안 당신에 대해서 많은 고민을 했습니다.

그러다가 당신에게는 건강한 몸을 가진 내가, 또 저에게는 아름다운 영혼을 가진 당신이 꼭 필요하다는 사실을 알았습니다. 당신이 말한 스스로의 결점은 오히려 제게 기쁨이 된다는 것을 깨달았습니다.

초록물고기님, 그대가 이 바다의 품에서 마음껏 헤엄치는 날, 저는 비로소 당신을 사랑할 자격이 있다고 말하겠습니다….

그렇게 서로의 변함 없는 사랑을 확인한 두 사람은 얼마 후 첫 만남을 갖게 되었다.

청년은 여자의 불편한 몸을 염려했지만, 청년이 사는 것을 보고 싶어하는 그녀의 부탁으로 폐교된 어느 초등학교에서 만나기로 했다.

드디어 약속된 날짜가 되었고, 청년은 한 시간쯤 먼저 학교에 나가 만나기로 한 커다란 나무 아래에 서 있었다.

여자는 약속시간보다 20분쯤 늦게 나타났다. 날씬한 체형의 한 여자가 목발을 짚고, 머리에는 노란 스카프를 두른 채 절룩거리며 그에게 다가왔다.

"혹 초록물고기님이신가요?"

"그럼 그쪽이 바다님…?"

여자는 부끄러운 듯이 살며시 고개를 숙이더니 이렇게 말했다.

"이제 제 모습을 보여드리겠어요."

"…?"

그녀가 안경을 벗고 머리의 스카프를 벗어 나뭇가지에 걸었다. 순간 청년의 두 눈이 휘둥그레지면서 얼굴이 화끈거렸다. 흉터 하나 없는 우윳빛 얼굴에 이목구비가 또렷한 아름다운 사람이었던 것이다.

여자는 이윽고 목발을 내리고 아무렇지도 않게 나무 밑 의자에 앉으며 환하게 미소지었다.

"놀라셨나요?"

"대체 어떻게 된 일인지…?"

그녀가 말했다.

"처음부터 속이려고 했던 건 아닙니다. 다만 내 영혼을 사랑하는 사람을 만나고 싶었을 뿐이지요. 이제 제가 당신의 바다에서 헤엄쳐도 될까요?"

"물론입니다, 초록물고기님!"

청년은 물기 어린 눈으로 와락 그녀를 끌어안았다.

헛된 사랑이었다고 말하지 말라. 사랑은 결코 낭비되지 않았다. 비록 그것이 상대방의 마음을 윤택하게 하지 못했다고 하더라도 그 물은 빗물과 같이 다시 그들의 생으로 돌아와 새로움으로 가득 채워진다.
○● 롱펠로

어머니의 사랑

홀어머니를 모시고 열심히 사는 청년이 있었다. 그런데 이 청년이 어느날 외출을 했다가 집에 돌아오던 중에 뜻하지 않게 교통사고를 당했다. 청천벽력 같은 소식에 어머니가 가슴을 졸이며 병원으로 달려갔지만 안타깝게도 심한 부상을 입은 청년은 이미 두 눈을 실명하고 말았다.

한순간에 멀쩡하던 두 눈을 잃어버린 청년은 깊은 절망감에 사로잡혔다. 좀처럼 자신에게 닥친 상황을 인정하려 하지 않았다. 그래서 어느 누구와도 말을 하지 않은 채 마음의 눈마저 걸어 잠그고 우울하게 지냈다. 그런 자식을 바로 옆에서 지켜봐야 하는 어머니의 가슴은 견딜 수 없이 고통스러웠다.

그러던 어느날, 청년에게 기쁜 소식이 전해졌다. 이름도 밝히지 않은 누군가가 그 청년에게 한쪽 눈을 기증하겠다는 것이

었다. 그러나 깊은 절망감에 사로잡혀 있던 그는 그 사실조차
도 받아들이려 하지 않았다. 결국 어머니의 간곡한 당부에 못
이겨 한쪽 눈의 이식 수술을 받게 되었다.

다행히도 수술은 성공리에 끝났고, 청년은 그후로도 며칠
을 붕대로 눈을 가리고 있어야 했다. 그때도 청년은 자신을 돌
보는 어머니에게, 어떻게 애꾸눈으로 살아가느냐며 불평을 늘
어놓았다. 하지만 어머니는 묵묵히 듣고만 있었다.

청년은 수술 일주일 후 붕대를 풀게 되었다. 그런데 붕대를
풀고 세상을 본 청년은 그제야 눈앞의 상황을 깨닫고는 굵은
눈물방울을 뚝뚝 흘렸다. 눈앞에는 한쪽 눈만을 가진 어머니가
아들을 바라보고 있었던 것이다.

"미안하구나. 두 눈을 다 주고 싶었지만, 그러면 네게 장님
몸뚱이가 짐이 될 것 같아서…"

어머니는 끝내 말을 잇지 못했고, 아들은 목이 메었다.

어버이의 사랑은 십분 가득 하나 그대는 그 은혜를 생각하지 않고, 자식이 조
금이라도 효도함이 있으면 그대는 곧 그 이름을 자랑하려 한다. 어버이를 모시는 것은 어
두우면서도 자식 대하는 것은 밝으니 어버이가 자식 기른 마음을 누가 알 것인가. 그대에
게 권하나니 부질없이 자식들의 효도를 믿지 말라. 자식들이 어버이 사랑하기는 그대에게
달렸다.
　　　　　　　　　　　　　　　　　　　　　　　　　　　　　　　　　　　○● 명심보감

짧은 만남, 긴 이별

몇 해 전 80세의 나이로 세상을 떠난 한 그리스 할머니의 사랑 이야기가 온 유럽인의 가슴을 적시고 있다.

그 운명적인 이야기는 1941년 8월, 20세의 이탈리아 군 소위 루이지 수라체가 그리스 펠로폰네소스 반도 서북부의 아름다운 항구도시 파트라이로 파견되면서 시작된다.

어느날 다른 병사들과 함께 행군을 하던 루이지는 집 앞에 앉아 있던 한 처녀에게 길을 묻게 되었다. 그녀의 이름은 안젤리키 스트라티고우, 크고 검은 눈이 매력적인 여자였다.

청년 루이지는 의젓하며 정이 많은 장교였다. 그는 길을 가르쳐준 그 처녀가 굶주림에 지쳐 있음을 눈치채고, 갖고 있던 전투식량을 나눠주었다.

그 일을 계기로 둘은 친해졌고, 루이지는 사흘이 멀다 하고 먹을 것을 들고 그녀의 집을 찾았다. 두 사람은 함께 어울리면서 루이지는 그리스 말을, 안겔리키는 이탈리아 말을 배웠다. 두 사람은 서로에게 마음이 빼앗기고 있었다.

그러나 이 짧았던 행복도 1943년 이탈리아가 항복하면서 끝이 나버렸다. 급하게 귀국을 서둘러야 했던 루이지는 안겔리키를 찾아가 손을 한번 잡게 해달라고 간청했다. 하지만 그녀는 적군 장교와 사귀는 것을 다른 사람이 볼까 두려워하며 끝내 거절했다. 그 대신에 "전쟁이 끝나면 나와 결혼해주시오"라는 루이지의 청혼에 대해서는 조용히 고개를 끄덕였다.

전쟁이 끝난 후 루이지는 고향인 이탈리아 남부 렉지오 칼라브리아로 돌아갔다. 그리고 그곳에서 계속 안겔리키에게 편지를 띄웠다. 당시 그녀는 고모 집에 얹혀 살고 있었다. 그녀의 고모는 조카가 적군과 연애하는 것을 인정하지 못하고, 루이지의 편지를 중간에 가로채 없애버렸다.

답장 없는 편지를 계속해서 보냈던 루이지는 천 일째 되던 날 드디어 그녀를 잊기로 결심했고, 얼마 후에는 다른 여자를 만나 결혼했다. 그리고 아들 하나를 둔 평범한 삶을 살아갔다. 그러다가 1996년 그 아내가 세상을 떠나자 희미한 옛사랑의 그림자가 그의 가슴 속에서 되살아났다.

그는 파트라이의 시장에게 자신의 사연을 담은 편지를 보냈고, 시장은 현지 스카이 방송사 기자들의 도움을 얻어 여전히 그 도시에 살고 있던 안겔리키를 찾아냈다.

"언젠가는 이런 날이 올 줄 알았어요."

소식을 전해 들은 안겔리키의 첫 마디였다.

안겔리키의 연락을 받은 루이지는 얼굴을 가리고 한없이 울었다. 그녀가 56년 전의 결혼 약속을 여전히 믿으며 평생을 독신으로 살아왔다는 사실을 알았기 때문이었다.

얼마 후 파트라이를 방문한 루이지는 또다시 떨리는 목소리로 그녀에게 청혼했고, 안겔리키는 벅찬 가슴으로 받아들였다. 루이지의 나이 77세, 안겔리키는 79세였다.

그러나, 루이지와 안겔리키의 달콤한 계획은 안겔리키가 앓아 누운 끝에 훌쩍 하늘나라로 떠나면서 물거품이 되어버렸다. 그녀의 사망일은 예정됐던 결혼식을 2주일 앞둔 어느날이었다.

그녀가 숨지기 직전 몇 분 동안 한 말은 "티 아스페토 콘 그란데 아모레(난 위대한 사랑을 안고 그대를 기다렸어요)"였다. 가슴에 "아모레 셈프레(영원한 사랑)"라는 이탈리아어로 끝나는 두 통의 엽서를 가슴에 끌어안고서였다.

그런데, 놀라운 사실은 루이지가 지금도 그녀의 죽음을 모르고 있다는 것이다. 주변에서 비밀로 하고 있기 때문이고, 결혼식도 연기된 것으로만 알고 있다.

지금도 그는 매주 토요일 아침이면 펜을 들어 영원한 사랑으로 끝나는 엽서를 쓰고 있다.

그 엽서는 그녀의 무덤 앞에 쌓이고 있다.

이 세상에 하느님을 본 사람은 하나도 없다. 그러나 만일 우리가 서로 사랑한다면, 하느님은 우리의 가슴 속에 머무를 것이다.　　　□● 톨스토이

아름다운 은혼식

콩 한쪽도 나눠먹는다는 그 가난한 시절에, 매 끼니 식사로 빵 한 조각을 나눠 먹던 금실 좋은 부부가 있었다. 부부는 정말 한눈 팔지 않고 열심히 살았다. 그래서 가난과 그 모든 역경을 사랑과 이해로 극복하여 안정된 생활을 누릴 수 있게 되었다.

결혼 40주년, 부부는 가까운 친지들과 함께 금혼식을 하게 되었다. 많은 가족과 친지들의 축하를 받으며 부부는 무척 행복해했다.

그날 저녁 손님들이 돌아간 후 부부는 둘만의 오붓한 식사를 위해 식탁에 마주앉았다. 식사는 온종일 손님을 맞이하느라 지쳤으므로 구운 빵 한 조각에 잼을 발라 나누어 먹기로 했다.

"이렇게 빵 한 조각을 앞에 두고 마주앉으니 가난했던 그 시절이 떠오르는구려.”

할아버지의 말에 할머니도 고개를 끄덕이며 지난날을 회상하는 듯 잔잔히 미소지었다.

할아버지가 지난 40년 동안 늘 그래왔듯이, 빵의 맨 끝 부분을 잘라 할머니에게 내밀었다. 그러자 갑자기 할머니가 얼굴을 붉히며 화를 내는 것이었다.

“흥! 당신은 오늘 같은 날에도 내게 두꺼운 빵 껍질을 주는군요.”

“…?”

“지난 40년을 살아오는 동안 난 날마다 당신이 내미는 빵 부스러기를 먹어왔어요. 그 동안 늘 그것이 불만이었지만 서운한 마음을 애써 참아왔는데…. 설마 당신이 오늘처럼 특별한 날에도 이럴 줄은 몰랐어요.”

할머니는 분에 못 이겨 마침내 눈물을 흘리고 말았다. 할머니의 그런 갑작스러운 태도에 할아버지는 몹시 놀란 듯 한동안 어쩔 줄 몰라했다. 그러나 할머니가 울음을 그치고 애써 안정을 되찾게 되자 할아버지는 더듬더듬 이렇게 말하는 것이었다.

“그런 말을 진작 해줬으면 좋았을 텐데…. 난 정말 몰랐소…. 하지만 임자, 당신도 몰랐을 것이오. 바삭바삭한 빵의 끝 부분은 사실 내가 가장 좋아하는 부분이었소.”

“…!”

나의 사랑이 소중하고 아름답듯이, 아무리 작고 보잘 것 없는 것이라 할지라도 타인의 사랑 또한 아름답고 값진 것임을 알아야 합니다. 받은 것들을 기억하기보다는 늘 못 다 준 것을 아쉬워하는 사람, 그런 사람이 참 아름다운 사람입니다.

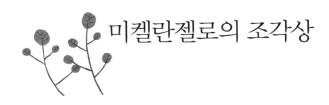

미켈란젤로의 조각상

미켈란젤로가 어느날 대리석 상점 앞을 지나다 거대한 대리석을 보았다. 그는 상점 주인에게 그 대리석의 값이 얼마냐고 물었다.

가게 주인이 대답했다.

"그 대리석은 돈을 받지 않습니다. 지난 10년간 그것을 팔려고 했지만 아무도 쳐다보는 이가 없었습니다. 보시다시피 가게는 비좁은데 그것이 공간을 다 차지하고 있어서 여간 골칫거리가 아닙니다. 원하신다면 그냥 가져가셔도 좋습니다."

그래서 미켈란젤로가 그 대리석을 공짜로 얻어 자기 작업실로 운반했다.

그로부터 1년 후, 미켈란젤로가 그 대리석 상점 주인을 자기 작업실로 초대했다.

"와서 보시오. 그때 그 대리석이 어떻게 변했는지를…."

그의 작품을 본 상점 주인의 두 눈이 휘둥그레졌다. 그것은 마리아가 십자가에서 내려진 예수 그리스도를 껴안고 있는 상으로, 예수가 그녀의 무릎 위에 누워 있었다. 그것은 미켈란젤로의 작품 가운데서도 걸작으로 뽑히는 것으로, 세계에서 가장 아름다운 조각상 중의 하나이다.

가게 주인이 물었다.

"어떻게 이런 훌륭한 조각품을 탄생시킬 수 있었습니까?"

미켈란젤로가 대답했다.

"내가 이 대리석 앞을 지나치려 하는데, 예수가 나를 불렀습니다. 그리고 이렇게 말씀하시더군요. '나는 지금 이 대리석 속에 누워 있다. 불필요한 부분들을 떼어내 내 모습이 드러나게 하라.' 대리석 안을 들여다본 나는, 어머니 무릎에 누운 예수의 형상을 볼 수 있었습니다. 그 형상이 숨어 있었기 때문에 그 대리석이 그토록 기묘한 모습을 하고 있었던 것입니다. 나는 단지 예수가 시키는 대로 불필요한 부분을 쪼아냈을 뿐이라오."

그후 그 조각상은 바티칸에 전시되어 있었는데, 십 수년 전에 한 미치광이가 망치로 예수와 마리아의 머리 부분을 깨뜨려, 그 아름다움을 망가뜨리고 말았다. 경찰이 그를 체포했지만 이미 엎질러진 물이었다.

법정에서 그 미치광이는 이렇게 말했다.

"나는 미켈란젤로가 아니기 때문에 그처럼 위대한 조각작품을 탄생시킬 수는 없었습니다. 그러나 나는 파괴할 수는 있었습니다. 어쨌든 나는 내 이름이 역사에 남고, 내 자신이 신문 전면에 실리기를 원했습니다. 이제 나는 성공했으니 어떤 처벌도 달게 받겠습니다."

재판관은 기가 막혀 할 말을 잃고 말았다. 그는 단지 자기 얼굴을 알리고 역사에 이름을 남기기 위해 세상에서 가장 아름답고 가치 있는 예술품을 부순 것이었다.

미켈란젤로와 같은 눈을 가져야 합니다. 그런 사람만이 엑스레이처럼 돌 속을 투시할 수 있고, 거짓 속에서 진실을 꿰뚫어 볼 수 있습니다.

가슴 아픈 이야기

혜영은 이동전화국 민원 상담원으로 근무하고 있었다.

비가 많이 오는 어느날이었다. 그날따라 불만고객들이 유난히 많아 은근히 짜증이 나기도 했다. 하지만 고객서비스라는 업무의 특성상 상대방이 소리를 지르거나 욕을 해도 이쪽의 대응에는 한계가 있었다. 고작 "손님, 죄송합니다. 보다 나은 서비스를 위해서 신속히 조치하겠습니다" 하고 수그러드는 수밖에.

또 한 통의 전화가 걸려왔다. 컨디션이 안 좋았지만 혜영은 최대한 친절하게 인사를 건넸다.

"정성을 다하겠습니다. ○○텔레콤 이혜영입니다."

"저… 비밀번호 좀 가르쳐주세요."

대뜸 떨어지는 목소리가 어린 여자아이였다.

혜영이 애써 맹랑하다는 느낌을 떨쳐버리며 물었다.

"고객분 사용하시는 번호 좀 불러주시겠어요?"

꼬마애가 번호를 일러주었다.

"명의자 성함이 어떻게 되십니까?"

"난데요. 빨리 불러주세요."

당돌하기 짝이 없는 목소리였다.

"가입자분이 남자로 되어 있으신데요, 본인이 아니시죠?"

"제 동생이에요. 제가 누나니까, 빨리 말씀해주세요."

혜영이 최대한 절제된 목소리로 말했다.

"죄송한데, 고객분 비밀번호는 명의자 본인이 확인될 때에만 일러드릴 수 있습니다. 저희가 밤 열시까지 근무하니 본인께서 다시 전화 주시겠어요?"

그런데 상대방은 뜻밖의 말을 했다.

"동생이 죽었어요. 죽은 사람이 어떻게 전화를 해요?"

하지만 혜영은 끄떡도 하지 않았다. 타인이 다른 사람의 비밀번호를 알아내려고 이런 거짓말을 하는 경우가 종종 있기 때문이었다.

혜영이 조금 딱딱한 어투로 말했다.

"그럼 명의변경을 하셔야 하니까요. 사망진단서와 전화 주신 분의 신분증, 또 미성년자이시니까 부모님 동의서를 팩스로 좀 넣어주십시오."

"뭐가 그렇게 불편해요? 그냥 알려줘요."

꼬마가 막무가내로 나오자 혜영이 타이르듯이 말했다.

"저, 부모님을 좀 바꿔주실래요?"

꼬마가 곁에 있던 아빠에게 하는 말소리가 들려왔다.

"아빠, 이 여자가 아빠 바꿔달래…. 빨리 비밀번호 알려달라고 그래. 빨리…."

뒤이어 꼬마애의 아빠인 듯한 사람의 목소리가 들려왔다.

"여보세요?"

"안녕하세요? ○○텔레콤인데요. 비밀번호 열람 때문에 그러는데요, 명의자와 통화를 할 수 있을까요?"

그가 조금 어눌한 목소리로 대답했다.

"제 아들 말입니까? 6개월 전에 사고로 세상을 떠났습니다…."

"…!"

꼬마가 거짓말을 하고 있으리라 생각하고 있던 혜영은 속으로 무척 놀랐다. 동생이 죽었다는 꼬마의 말이 사실이었던 것이다.

미안한 느낌에 아무 말도 못하고 있는데, 이윽고 아빠가 옆의 딸에게 물었다.

"애, 비밀번호는 왜 알려고 전화했니?"

꼬마의 화난 목소리가 들렸다.

"엄마가 자꾸 혁이(가입자 이름) 호출번호로 인사말을 들으면서 계속 울기만 하잖아. 그거 비밀번호를 알아야만 지운단 말야!"

순간 혜영의 가슴이 꽉 막히는 듯했다.

꼬마의 아빠가 물었다.

"비밀번호를 알려면 어떻게 해야 합니까?"

"예…, 비밀번호는 명의자만 알 수 있기 때문에 명의를 변경하셔야 합니다. 의료보험증과 보호자 신분증을 복사해 넣어 주셔도 가능합니다…."

"알겠습니다."

혜영은 당연히 "감사합니다"로 멘트를 종료해야 함에도 자기도 모르게 이렇게 말했다.

"죄송합니다. 확인 후 전화 주십시오."

"고맙습니다."

"아, 네에…."

통화는 그렇게 끊겼지만, 왠지 모를 미안함과 가슴이 답답한 마음에 한동안 넋을 잃고 있었다.

혜영이 호기심을 견디다 못해 조심스레 그 혁이라는 가입자의 호출번호를 눌러보았다.

"안녕하세요? 저 혁인데요, 연락 주셔서 감사합니다…."

이런 식의 멘트가 녹음되어 있었고, 마저 그 사서함을 확인

해보니 방금 전에 통화한 꼬마의 아빠 목소리가 들려왔다.

"첫 번째 메시지입니다."

"혁아, 아빠다…. 이렇게 음성을 남겨도 네가 들을 수 없다는 걸 알지만 오늘은 네가 보고 싶어 어쩔 수가 없구나…. 미안하다, 혁아… 아빠가 오늘은 네 생각이 나서 술을 마셨다…. 아빠 술 마시는 거 그렇게 싫어했는데…. 안 춥니, 혁아? 아빠 안 보고 싶어…?"

혜영은 그날 하루를 어떻게 보냈는지, 가슴이 미어질 것 같아 견딜 수가 없었다.

아마도 그 혁이의 엄마는 쓰지도 않는 전화기임에도 불구하고 앞에 녹음되어 있는 자식의 목소리를 들으며 매일 밤을 울었던 모양이었다. 그걸 보다 못한 딸이 인사말을 지워 없애려고 전화를 했던 것이고….

사랑은 떨리는 행복이다. 이별의 시간이 찾아오기 전까지는 사랑은 그 깊이를 알지 못한다
　　　　　　　　　　　　　　　　　　　　　　　○● 칼릴 지브란

희생이라는
또다른
향기

어머니의 무덤

　　함박눈이 수북이 쌓인 어느 겨울날, 산 깊고 험한 강원도의 외진 골짜기에 두 사람이 나타났다. 나이 지긋한 한 사람은 미국인이었고, 다른 사람은 한국인 청년이었다.

　　두 사람은 발이 푹푹 빠지는 눈 속을 한나절 정도 헤맨 끝에 마침내 골짜기 한쪽에 자리잡은 무덤 앞에 섰다. 눈이 수북이 쌓인 그 무덤은 오랫동안 돌보는 사람이 없어서인지 봉분도 작고 매우 초라해 보였다.

　　나이 많은 미국인이 청년에게 말했다.

　　"여기가 바로 네 어머님이 묻힌 곳이란다. 인사드려야지…"

　　청년이 무너지듯이 철썩 눈 위에 무릎을 꿇었다.

　　6.25 전란으로 국토가 쑥대밭이 되던

1952년의 일이었다. 윌슨은 패망 직전에 몰린 한국을 구하기 위해 파견된 연합군 병사 가운데 하나였다. 당시 최대 접전지 중 하나였던 이 골짜기에서 격렬한 전투가 벌어지면서 밀고 밀리는 혈투가 며칠 동안이나 계속되었다.

인민군의 거센 공세에 밀려 퇴각하던 도중 윌슨은 부대원들과 멀어지고 말았다. 혼자서 다음 집결지까지 이동하려고 하는데, 골짜기 사이에서 갑자기 이상한 소리가 들려왔다.

"…?"

가만히 귀기울여보니 분명 아이 울음소리였다. 윌슨은 그 울음소리를 따라가보았다. 울음소리는 눈 구덩이 속에서 들려오고 있었다. 본능적으로 팔을 걷어붙이고 눈을 파헤치던 윌슨은 눈앞의 광경에 소스라치게 놀라고 말았다.

한 어머니의 품안에 안긴 아기가 자지러지게 울고 있었던 것이다. 그런데 더욱 놀라운 것은 죽은 어머니가 옷가지를 하나도 걸치지 않은 알몸인 채였다는 사실이었다.

윌슨은 곧 상황을 판단할 수 있었다.

아이를 업고 피난길에 올랐던 한 여자가 어쩌다가 깊은 골짜기에 갇혀버렸다. 옴짝달싹 못할 처지에 눈까지 내리자, 여자는 아이를 살리기 위해 자기 옷가지를 모두 벗어 아이한테 입히고는 허리를 굽혀 자기 품안에 아이를 끌어안은 채 얼어죽은 것이었다. 알몸인 여자는 죽었지만, 그녀의 품속에 있던 아이는 무사히 살아 있었다.

뜻밖에 마주친 그 모습에 감동한 윌슨은 그냥 돌아설 수가 없었다. 야전삽으로 언 땅을 파 그녀를 묻어주고 나서, 자지러지게 울어대던 갓난아이를 품에 안고 함께 퇴로에 올랐다. 그리고 휴전이 되자 그 아이를 입양하여 미국으로 데려다가 키웠다. 그후 아이가 자라 청년이 되자 지난 시절을 이야기해주고, 당시 언 땅에 묻었던 청년의 어머니를 찾아온 것이었다.

무덤 앞에 무릎을 꿇은 청년의 얼굴엔 뜨거운 눈물이 흘러내렸다.

이윽고 청년은 몸을 일으키고 무덤에 쌓인 눈을 치우기 시작했다. 땀을 뻘뻘 흘려가며 주변의 눈을 다 치우고 나서, 자기가 입고 있던 옷가지를 하나 하나 벗어 알몸이 되었다. 그리고는 그 옷으로 무덤을 덮기 시작했다. 마치 살아 있는 어머니께 옷을 입혀드리듯이 작은 무덤 전체를 자기 옷으로 덮었다. 그리고는 그 위에 쓰러져 길고 긴 오열을 쏟아냈다.

"어머니, 그날 얼마나 추우셨어요!"

모든 위대한 사람들의 발자취를 보라. 그들이 걸어온 길은 고난의 길이며 자기 희생의 길이었다. 자기를 희생할 줄 아는 사람만이 위대해질 수 있다. ▫● G. E. 레싱

유령선의 선장

유령선의 선장이 된 필립, 사람들은 그를 두려워하며 위험한 존재로 인식하고 있었다. 그리고 대다수가 존재하지도 않을 거라 생각했다. 실제로 그를 만나거나 알기를 원하지도 않았으니까. 설사, 그를 보았다 할지라도 못 본 척, 자신들의 기억 속에서 밀어내려 할 것이었다.

그러나, 필립은 유령선 선장이었다….

아주 오래 전의 일이다.

결혼을 코앞에 둔 필립은 예비 신부와 홀어머니를 모시고 바다로 나갔다. 두 여인은 사방이 시원하게 트인 바다를 감상하기를 좋아했다. 세 사람은 갑판 위에서 행복한 시간을 즐겼다.

그런데 갑자기 평온하던 바다가 거칠어졌고, 일말의 경고도 없는 거센 파도의 급작스런 공격에 세 사람은 속수무책일 수밖에 없었다. 비정한 파도가 그들을 덮쳤다.

필립은 간신히 배의 난간을 붙잡았지만, 그의 어머니와 애인은 파도에 쓸려 바다에 빠지고 말았다.

두 사람은 필립을 향해 살려달라고 손을 뻗치며 아우성쳤다. 상황은 너무도 급박하고 잔인했다. 둘 가운데 하나를 먼저 구조해야만 하는 상황이었다. 두 사람 모두 절박하게 필립을 쳐다보고 있었고, 필립은 잔인한 파도의 운명에 걸려들었다.

그 짧은 순간, 필립은 그 어떤 결정도 내릴 수가 없었다. 그래서 그들 둘 사이에 손을 내밀고는 눈을 감아버렸다.

잠시 후 누군가의 손이 잡히는 듯했다. 필립은 그 두 사람 중 하나의 강렬한 희생 의지에 의해 선택되어진 것이었다. 그는 감히… 선택하지 못했다…!

그후 필립은 살아남은 애인과 결혼을 했다. 그리고 배를 만들기 시작했다.

어떤 파도에도 끄떡없는 배, 구조 시설이 철저하게 갖춰진 배, 바다보다 강한 배를 만들기 시작했다. 그리고 예쁜 딸도 하나 낳았다.

세월은 무심하게 20년을 흘러갔고, 마침내 필립이 그토록 원하던 배가 완성되었다. 그리고 축복스런 그날, 필립의 딸이 한 남자와 함께 눈앞에 나타났다.

두 사람은 서로 사랑한다고 했다. 필립은 그들의 사랑을 축복하기 위해 자신의 배를 처음으로 태워주기로 했다.

마침내 배가 물살을 가르며 힘차게 움직이기 시작했다. 딸과 그녀의 애인은 갑판 위에서 평온한 바다를 감상하며 행복해했다.

그때 갑자기 파도가 거세지면서, 20년 전의 그날처럼, 마치 지난 세월 동안 필립을 기다렸다는 듯이 덮쳐왔다. 필립은 우선 딸과 그의 애인을 갑판 밑으로 피신시키려고 했다. 그러나, 필립의 등뒤에 있던 파도는 그를 놓아주지 않았다.

다행히도 그의 딸은 갑판 위에 머물고 있었다. 하지만 그녀의 애인은 필립과 함께 바다에 떨어졌다.

바닷물에 빠져 허우적거리면서 필립은 배 위의 딸을 쳐다보았다. 그리고 딸의 모습에서 20년 전 배 위에 있던 자신의 모습을 보았다. 그녀는 필립의 과거를 몰랐지만, 확실히 그를 닮아 있었다. 필립은 그런 딸이 무서웠다. 그는 혼신의 힘을 다해 딸의 눈을 쳐다보았다. 그러나 딸은 그 옛날 필립이 그랬던 것처럼 눈을 감았다. 하지만 그녀의 뻗은 손은 놀랍게도 필립을 향해 있었다.

이윽고 필립은 딸의 손에 이끌려 무사히 배 갑판 위로 올라올 수 있었다. 그런데 바로 그때, 필립의 딸이 바다로 뛰어들었다. 그녀는 그렇게 자기가 사랑하는 남자를 좇아 바다로 간 것이었다. 필립은 눈을 감아버리고 말았다….

　　　　필립은 한동안 눈을 뜨지 못했다. 오랫동안 몸부림을 치던 파도가 다시 평온을 되찾을 무렵, 필립이 고개를 돌려 바다를 보았다.

　바로 그때 저 멀리 하얀 구조선 한 척이 보였고, 그 배의 갑판 위에는 필립의 딸과 그녀의 애인이 무사히 구조되어 있는 모습이 보였다. 이윽고 그 배는 뱃머리를 돌리고 있었다. 필립을 홀로 바다 위에 남겨둔 채. 그랬다. 필립은 바다 위에 남겨졌다. 구조선도 육지도 그를 부르지 않았다.

　그후 필립은 파도가 이끄는 대로 망망대해를 떠다녔고, 그러다가 이따금씩 사람들이 탄 여객선도 만날 수가 있었다.

　하지만 그들은 필립이 탄 배를 유령선이라고 하며, 그를 악마라고 두려워하며 피해갔다. 결국 필립은 자신도 모르는 사이에 유령선 선장이 되어 있었던 것이다.

　인생의 어려움은 선택에 있다. 인간은 끊임없이 선택해나가는 존재이다.

○●J. 무어

남을 살려 나를 살린다

등반대원 잭이 알프스 산 최고봉으로 가는 비좁은 길에 도착했을 때였다. 짐 정리를 끝낸 가이드가 마지막 인사로 악수를 청해왔다. 두 사람은 여기서 헤어져야 했다. 가이드는 하산을 서두르고 잭은 산 정상을 향해 이제부터는 혼자 나아가야 하는 것이다.

가이드는 마지막 충고를 잊지 않았다.

"꼭 기억하십시오. 절대 졸아서는 안 됩니다. 졸지 말고 무조건 앞만 보고 계속 걸으십시오."

"걱정 마세요. 지금까지 여러 번 산에 올랐습니다. 이 산도 안전하게 정복하고 내려올 겁니다."

그렇게 장담한 잭은 가이드를 뒤로 하고 자신만만하게 발걸음을 옮겼다.

그러나 혼자 출발한 오르막길은 잭이 예상했던 것보다 훨씬 에너지 소모가 심하고 시간도 많이 걸렸다. 얼마 지나지 않아 지쳐 몸을 비틀거리기 시작했으며 결국에는 길을 잃고 말았다.

주위는 캄캄해지고 찬바람은 계속해서 불었다. 베이스 캠프까지는 아직 5마일이나 남아 있었다. 잭은 추위에 몸이 얼어붙는 것 같았고, 다리 근육이 마비되어 더 이상 걸을 수가 없을 지경이 되었다. 그러나 무엇보다도 견디기 힘든 것은 자꾸만 밀려드는 졸음이었다. 졸음을 쫓아버리기 위해 필사적으로 눈을 부릅떴지만 모든 게 허사였다.

어느 순간 눈앞에서 커다란 바위 하나를 발견한 잭은 조금 안심이 되었다. 그곳에서 바람도 피하고 조금 쉬어야겠다고 생각했다. 그런데 바위 밑으로 다가가 보니 뜻밖에도 시커먼 물체가 눈에 띄었다.

"…!"

움직임은 없었지만 그 검은 물체는 분명 사람이었다. 한사람이 그곳에 의식을 잃고 쓰러져 있었다. 가까이 다가가보니 숨소리조차 가늘고 희박해서 당장에라도 무슨 조치를 취하지 않으면 안 될 것 같았다.

잭은 잠시 망설였다. 제 한 몸 건사하기도 힘든 이 악조건 속에서 이 사람을 업고 걷는다는 것은 몹시 위험한 일이었다. 그러나 죽어가는 사람을 보고 그냥 놓아둘 수만도 없었다.

더 이상 망설이고 머뭇거릴 시간이 없었다. 잭은 메고 있던 배낭을 앞쪽으로 둘러매고 과감하게 그를 들쳐업었다. 그리고 한 걸음 한 걸음 캄캄한 어둠 속을 꿰뚫고 베이스 캠프로 향했다. 이를 악물고 필사적으로 두 다리를 움직였다. 그래서 비록 예상했던 시간보다 두 배 이상이 걸리긴 했지만, 잭은 무사히 베이스 캠프에 도착할 수 있었다.

잭이 구조해온 그 사람은 동상을 입긴 했지만, 다행히 목숨에는 지장이 없었다. 뜨거운 커피로 언 몸을 녹이면서 잭은 문득 중요한 사실 하나를 깨달을 수 있었다. 그것은 만일 그 조난자가 없어서 자기 역시 그 바위 밑에서 잠이 들었다면 그 자신역시 똑같은 처지가 되었을 것이라는 점이었다.

남의 목숨을 소중히 여긴 잭의 정신은 결국 잭 자신의 목숨까지 구하게 한 것이다.

선행을 베푸는 데는 나중이라는 말이 필요 없습니다. 지금 한번 주위를 둘러보십시오. 그리고 도움이 필요한 이들에게 자비를 베푸십시오. 남을 위한 봉사와 선행은 결코 실패하지 않는 유일한 투자입니다.

소리나는 옷감

한 옷감가게에 젊고 귀여운 아가씨가 들어서자 여점원이 다가가 인사를 건넸다.

"어서 오세요, 손님. 찾으시는 옷감이 있나요?"

그 아가씨가 말했다.

"걸을 때마다 사각사각 소리가 나는 비단옷이 한 벌 필요한데요, 그런 옷감이 있나요?"

여점원이 밝은 색상의 보드랍고 고운 옷감 한 필을 꺼내 펼쳐 보여주었다.

"이건 어떻습니까? 예물용 최고급 비단이에요. 손님이 원하시면 이 비단에 염색을 해드릴 수도 있어요."

"색깔은 상관없어요. 단지 중요한 것은 이 옷감에서 나는 소리가 잘 들리느냐 하는 거예요."

점원이 그 즉시 다른 물건을 꺼냈다.

"그렇다면 여기 이것이 좋을 것 같네요. 아주 적당한 백합색 비단이에요. 흰색은 언제나 순결하고 아름답지요."

그녀가 손가락으로 옷감을 비비면서 물었다.

"어때요, 들리세요?"

그녀가 환한 얼굴로 소리쳤다.

"그럼요. 아주 똑똑히 들려요!"

그녀는 흐뭇한 얼굴로 그 옷감을 사서 가게를 떠났다.

그녀가 떠난 지 몇 분 후, 물건을 판 점원은 방금 전의 여자 손님이 카운터에서 계산을 하다가 빨간색 장갑을 떨어뜨리고 갔다는 사실을 알았다. 그녀는 얼른 그 장갑을 들고 허겁지겁 가게문을 나섰다. 그리고 가게를 나선 지 얼마 안 돼 가까운 횡단보도에서 신호를 기다리는 그녀를 발견할 수 있었다.

"여보세요! 잠깐만요. 장갑을 두고 가셨어요!"

여자가 그제야 자기 손을 보며 점원에게 고맙다는 인사를 했다.

이때 점원이 궁금해서 참을 수 없다는 듯이 입을 열었다.

"실례지만, 한 가지 물어봐도 될까요?"

"네?"

"왜 손님께선 방금 전 옷감을 살 때 다른 것은 고려치 않고 꼭 옷감의 소리가 나느냐고 물어보셨죠?"

점원의 질문에 그녀가 빙긋이 웃으며 말해주었다.

"이 옷감은 제 결혼식에 입을 예복용 옷감이에요. 그런데 저와 결혼할 남자는 앞을 보지 못하기 때문에… 제가 옆에 있는지를 꼭 옷감 부딪치는 소리로 알 수 있답니다."

여자의 그 말소리가 점원의 귓가에서는 마치 은방울 소리처럼 맑고 경쾌하게 울려 퍼지고 있었다.

만일 당신이 젊었을 때 사랑을 느끼지 못한다면, 사랑하는 마음으로 사람과 동물과 꽃을 보지 않는다면 어른이 된 다음에 삶의 공허를 느끼게 될 것이고 매우 고독해질 것이다. 또한 두려움의 어두운 그림자가 언제나 뒤를 따라다닐 것이다.
그러나, 사랑이라고 부르는 이 놀라운 것을 마음 속에 지니게 되고 그 사랑의 심오함과 환희를 느끼는 순간, 당신은 세상이 당신을 위해 달라졌다는 것을 깨달을 것이다.
○● 크리슈나무르티

아버지와 아들

철이의 아버지는 구청 소속 환경미화원이었고, 어머니는 힘들게 날마다 리어카를 끌며 고물을 수집하러 다니셨다.

그날도 힘들게 하루 일을 마치고 집에 돌아온 그들 부부는 외동아들 철이의 옷차림에 눈이 휘둥그레졌다. 녀석이 사준 적도 없는 고급 브랜드의 청바지를 입고 있는 것이었다.

"너 그 옷 어디서 난 거냐? 어서 사실대로 말해봐라."

"죄송해요, 사실은…."

부모님의 다그침에 못 이겨 철이가 사실을 털어놓았다.

아들의 말을 듣고 난 아버지는 그만 자리에 털썩 주저앉고 말았다. 아들 녀석이 버스 정류장에서 남의 지갑을 슬쩍 했다는 것이었다.

"내 아들이 남의 돈을 훔치다니…."

얼마 후 아버지가 간신히 정신을 가다듬고 말했다.

"내 변변찮아서 너에게 해준 것도 없다만, 환경이 힘들다고 잘못된 길로 빠져서는 안 된다."

아버지는 잠시 뜨거운 눈물을 흘렸다. 그런 다음 아들의 손을 꼭 잡고 집을 나서 경찰서로 데려갔다. 자식의 허물을 감싸기 바쁜 세상에 뜻밖의 상황을 대면한 경찰관은 조금 의아해하는 표정으로 조사를 시작했다.

경찰 조사 과정에서 아들의 범죄 사실이 하나 더 추가로 밝혀졌고, 결국 그 아들은 법정에 서게 되었다. 그 사이에 아버지는 아들이 잘못된 길로 들어선 것을 가슴아파하다가 그만 심장마비로 세상을 뜨고 말았다.

재판이 있던 날, 법정에서 어머니가 울먹이며 말했다.

"제 남편의 뜻대로, 아들이 올바른 사람이 되도록 엄한 벌을 내려주세요."

아들 역시 뜨거운 회한의 눈물을 흘렸다.

"저 때문에 아버지가 돌아가셨습니다. 흐흐흑…!"

그들 모자를 지켜보던 모든 사람들이 숙연해져서 똑같이 눈물을 흘리고 있었다.

판사가 최종 판결을 내렸다.

"이 사건은 불기소 처리합니다."

"…?"

처벌을 하지 않겠다는 뜻밖의 판결에 다들 어리둥절해하고 있는데, 판사가 이렇게 덧붙였다.

"우리는 이처럼 훌륭한 부모를 둔 아들을 믿기 때문입니다."

순간 법정 안은 우레와 같은 박수 소리로 가득 찼다.

자식을 낳으면, 철들 때부터 착하게 인도하여야 한다. 어려서 가르치지 않다가 이미 자란 다음에 바로잡으려 하면 매우 어려울 것이다. 교육은 빠를수록 좋다. 교육은 착하게 인도할수록 좋다. 교육은 바르게 가르칠수록 좋다.

○● 이이

아이가 잘한 것이 있을 때 듬뿍 칭찬해주고,
잘못한 점은 망설임없이 일깨워주는 부모가 되십시오.

어머니의 도시락

　　학교를 파하고 귀가하는 연희의 마음은 묵직한 도시락만큼이나 어두웠다. 오늘도 도시락을 다 먹지 않고 남겨왔다고 엄마의 꾸중을 들을 것이 뻔했기 때문이다.

　　"넌 어미가 이 도시락 반찬 만들기 위해서 얼마나 공을 들이는지 아니? 내 때는 이렇게 호사스런 도시락은 구경도 못했다."

　　엄마의 잔소리를 떠올리며 연희는 고개를 흔들었다. 마음 같아서는 도시락을 어디 사람 눈에 띄지 않는 곳에다 쏟아 버리고 싶었다. 그러나 먹을 것을 버린다는 죄책감 때문에 그 정도의 용기는 나지 않았다. 낮에 미애가 피자를 먹자고 유혹하지만 않았더라면, 하는 후회도 해보았지만 그것도 핑계가 되지 못한다는 것을 알았다.

　　한 가닥 기대는 오직 엄마가 집에 있어주지 않는 것이었다.

그러면 깨끗이 설거지를 해서 치워놓으면 되니까. 사실 몇 주 전부터 몸이 불편한 외할머니가 병원에 입원해 계시기 때문에 엄마가 집을 비우는 일이 많았다.

그러나 연희의 바람은 이루어지지 않았다. 현관에 들어서는 연희의 눈에 소파에 앉아 고개를 숙이고 있는 엄마의 뒷모습이 보였다.

"학교 다녀왔습니다."

엄마가 고개를 들며 대답했다.

"그래, 힘들었지? 어서 들어가 옷부터 갈아입어라."

연희가 가방에서 도시락을 꺼내 슬며시 식탁 밑으로 밀어넣었다.

엄마가 말했다.

"오늘도 도시락을 다 먹지 않은 모양이지?"

"엄마가 그걸 어떻게 알아?"

"넌 도시락을 다 비운 날엔 식탁 위에다 올리는데, 그렇지 않은 날은 식탁 밑에다 놓아두는 버릇이 있거든."

"엄마, 그게 아니라… 미애가 오늘이 자기 생일이라고 피자를 사줘서…."

"그래, 알았다. 그런 날도 있을 테지."

의외로 너그러운 엄마의 반응에 연희를 짓누르던 무거운 마음이 싹 달아났다.

잠시 후, 책상 위에 가방을 두고 나오던 연희는 탁자 위에 올려져 있는 네모난 양은 그릇을 발견했다. 하도 많이 써서 그런지 사방이 긁히고 흠집이 난 볼품 없는 것이었다.

"엄마, 이게 뭐예요?"

"으응…, 그것도 도시락이다."

연희는 못 믿겠다는 표정이었다.

"이런 도시락도 있어요?"

"그래, 엄마가 학교 다닐 때는 벤또라고 불렀지."

"근데, 이게 갑자기 어디서 났어요?"

"우리 집 다락에서 찾아냈다."

"누가 쓰던 건데?"

"내가 학교 다닐 때 쓰던 것을 시집 올 때 가지고 왔지."

"엄마, 설마 이런 걸 혼수품이라고 가져왔던 거야?"

연희는 아무렇지 않게 툭 던진 말이었지만, 순간 엄마의 얼굴에는 그늘이 드리우고 있었다.

연희는 얼른 화장실로 뛰어들어가 세면부터 했다.

잠시 후, 연희가 거실로 나갔을 때 엄마는 방금 전의 그 양은 도시락에 빨간 딸기를 차곡차곡 담고 있었다.

엄마가 말했다.

"오늘은 너도 병원에 함께 가보자. 의사 선생님이 그러는데, 외할머니께서 얼마 못 사실 것 같다고 하더구나."

"… 알겠어요, 엄마."

연희는 선선히 엄마를 따라나섰다.

달리는 차안에서 손수건에 싼 양은 도시락을 만지고 있던 엄마가 연희에게 말했다.

"내가 이야기 하나 해줄까?"

"어떤 이야기인데요?"

엄마는 창밖으로 시선을 돌리며 조용히 회상에 잠겼다.

"… 그러니까, 벌써 삼십 년도 훨씬 넘었구나…."

모녀가 냇가 근처 판자촌으로 이사했는데, 어머니가 다니는 벽돌공장에서 가까운 곳이었다.

비록 다 쓰러져가는 판잣집에 불과했지만, 딸은 그곳이 전에 살던 산동네보다 좋았다. 봄이면 둑 제방에 올라가 네잎 클로버를 찾으며 놀았고, 여름이면 줄지어 핀 달맞이꽃을 꺾으면서 놀았다.

어머니는 새벽같이 일터로 나가곤 했다. 새벽밥 몇 숟가락을 뜨고 일터에 나가 온종일 벽돌을 차에 실어주는 일을 했다. 그러다가 해가 다 떨어진 새까만 밤에 연탄 몇 장을 새끼줄에 꿰어 들고 오고, 봉지쌀을 사서 안고 오기도 했다.

그해에는 다른 해보다 일찌감치 장마가 찾아왔다. 그런데 그 장마보다도 더 큰 걱정거리가 들이닥쳤다. 벽돌공장 주인이 빚에 쪼들려 야반도주를 해버린 것이었다.

어머니는 곧바로 일터를 바꾸었지만, 그 동안의 품삯을 받지 못했기 때문에 늘 끼니를 걱정했다. 그러나 딸의 학교만은 절대 쉬어선 안 된다며 꼬박꼬박 납부금을 대주었다.

그날도 어머니는 새벽같이 일어나서 밥을 지었다. 그리고는 여느 날과 똑같이 두 개의 도시락을 쌌다. 딸은 마침 그날이 당번이어서, 엄마보다 먼저 도시락을 챙겨 들고 집을 나섰다.

셋째 시간이 끝나자 반 친구들이 일제히 도시락을 열기 시작했다. 원래는 넷째 시간 후가 점심시간이었지만, 그때는 다들 그랬다. 딸도 자기 도시락을 풀었다.

"…!"

무심코 도시락 뚜껑을 열던 딸은 황급히 그것을 닫아 책상 속에 밀어 넣고 밖으로 나갔다. 그리고 견딜 수 없이 목이 말라 수돗가에서 물을 받아 마셨다. 그런 딸의 눈에서는 눈물이 펑펑 넘쳐흘렀다.

넷째 시간은 체육시간이었다. 딸은 선생님한테 몸이 아프다고 꾸며대고는 내내 운동장 가의 잔디밭에 앉아 있었다. 장마 끝에 갠 푸른 하늘이 그렇게 슬퍼 보일 수가 없었다.

딸의 시야에 헐레벌떡 학교 교문으로 뛰어오는 어머니의 모습이 보였다. 어머니의 손에는 자기가 일터로 들고 나갔던,

딸의 것과 똑같이 생긴 도시락이 들려 있었다.

연희가 엄마의 얼굴을 빤히 보며 물었다.

"그 도시락에 뭐가 들어 있었어요?"

하지만 엄마는 딸의 시선을 외면한 채 대답이 없었다.

"엄마, 그 도시락 속에 뭐가 들어 있었냐니까요?"

"…"

"엄마, 말해줘요."

엄마가 차창 밖으로 얼굴을 돌린 채 대답했다.

"하얀… 하얀 행주가 들어 있었다."

"네? 행주가요?"

"그래, 밥이 아니라 행주가 든 도시락이었어. 어머니는…
시멘트 벽돌을 머리에 이어 나르는 일을 하는 어머니는… 딸한
테는 밥이 든 도시락을 들려 보내고, 당신은 밥 대신 행주를 담
아서 들고 다니신 거야. 그걸로 물을 적셔서 주린 배를 채우려
고…"

"엄마…"

연희는 엄마의 등에 얼굴을 묻었다. 그리고 병원에 닿을 때
까지 아무런 말도 하지 못했다.

얼마 후, 병실로 들어서자 환자복 차림의 앙상하게 마른 외
할머니가 연희와 엄마를 번갈아 보며 미소를 지었다.

엄마가 손수건에 싼 양은 도시락을 들어 보이며 물었다.

"어머니, 이 양은 도시락 생각 나세요?"

외할머니가 조용히 고개를 끄덕이셨다.

"어머니, 어머니가 좋아하시는 딸기 담아 왔어요."

어머니의 눈물에는 과학으로 분석할 수 없는 깊고 귀한 애정이 담겨 있다.

○● 패러데이

노인과 여인

서인도 제도에 있는 푸에르토리코 공화국의 국립미술관에는 수의를 입은 노인이 젊은 여인의 젖을 빠는 '노인과 여인'이라는 그림 한 폭이 걸려 있다.

루벤스의 작품으로 알려진 이 작품에 대하여 방문객들은 노인과 젊은 여자의 부자연스러운 애정행각에 대해 불쾌한 감정을 표출한다. 포르노에 가까운 이런 싸구려 그림으로 어떻게 국립미술관의 벽면을 장식한단 말인가. 그것도 미술관의 입구에. 그러나 이 그림 속에 얽힌 사연을 알고 나면 눈물을 글썽이며 새로운 눈으로 감상하게 된다.

사람들은 딸 같은 여자와 놀아나는 노인의 부도덕함을 통렬히 비판한다. 수의를 입은 주책스런 노인과 이성을 잃은 젊은 여성은 가장 부도덕한 인간의 한 유형으로 비쳐지기 때문이다.

사람들은 의아한 생각을 떨쳐버릴 수가 없다. 작가는 도대체 어떤 의도로 이 불륜의 상황을 형상화했단 말인가? 그림은 정말로 그렇고 그런 포르노에 불과한 것인가?

그런데 사실은, 우리가 이 작품에 대해서 알아야 할 부분이 있다.

수의를 입은 노인은 젊은 여인의 아버지였다. 커다란 젖가슴을 고스란히 드러내놓고 있는 여인은 노인의 딸인 것이다.

노인은 푸에르토리코의 자유와 독립을 위해 싸운 투사였다. 독재정권은 그를 체포해 감옥에 가두고 인간에게 가장 잔인한 형벌을 내렸다. 바로 '음식물 투입 금지'라는.

노인은 감옥 안에서 서서히 굶어 죽어갔다. 그리고 해산한 지 며칠 되지 않은 그의 딸이 무거운 몸을 이끌고 감옥을 찾았다. 아버지의 임종을 보기 위해서였다.

뼈만 앙상하게 남은 아버지를 바라보는 딸의 눈에 핏발이 섰다. 마지막 숨을 헐떡이는 아버지 앞에서 무엇이 부끄럽단 말인가. 여인은 아버지를 위해 스스럼없이 자신의 가슴을 열었다. 그리고 불어 있는 자신의 젖을 아버지의 입에 물렸다.

보는 시각에 따라 천양지차라는 말이 여기에 해당된다. 역사를 모르는 관람객들의 눈에는 단순한 포르노로 오해될 수도 있는 '노인과 여인'은 푸에르토리코 사람들의 눈에는 더 없이 지순하고 절절한 부녀 간의 사랑, 헌신과 애국심이 담긴 숭고

한 작품인 것이다.

그래서 푸에르토리코 사람들은 그 그림을 민족혼이 담긴 최고의 예술품으로 자랑하고 있다.

한편으로, 이 그림이 푸에르토리코의 독립영웅과는 상관이 없다는 주장도 있다.

그림은 고대 로마의 문학이나 예술에서 '자식된 도리'를 설명하면서 예를 드는 장면이라는 것이다. 우리나라로 말하면 심청전의 서양 버전이라고 할 수 있겠다.

처형될 날만을 기다리는 나이든 수감자는 처형의 순간까지 아무것도 먹지 못하게 되어 있다. 이를 안타깝게 여긴 그의 딸이 몰래 감방에 들어가 아버지에게 자신의 젖을 먹인다는, 자식의 부모에 대한 무조건적인 헌신과 사랑을 표현한 것으로, 이런 소재는 16세기에서 18세기에 걸쳐 유럽에서 크게 유행했다고 한다.

생각에 따라 천국과 지옥이 생기는 법이다. 천국과 지옥은 천상이나 지하에 있는 것이 아니라 바로 우리의 삶 속에 있는 것이다. ●말로리

배려의 기본

레이첼이 간호학교에 입학한 지 두 달이 지난 어느날이었다.

강의시간에 나타난 담당교수는 강의 대신 간단한 문제가 수록된 시험지를 돌렸다. 예고도 없이 갑작스럽게 벌어진 일이었지만 착실하게 강의를 들었던 레이첼은 별 어려움 없이 문제를 풀어나갔다. 하지만 마지막 한 문항에서 막혀버렸다.

'우리 학교의 화장실을 깨끗하게 청소해주는 아주머니의 이름은?'

"…?"

이것도 시험문제라고 할 수 있나!

레이첼은 하루에도 몇 번씩 그 아주머니를 보아왔다. 그런데, 흑인 특유의 곱슬머리에 덩치가 큰 그 오십대 아주머니의 이름이 뭐였지? 도무지 알 길이 없었다.

레이첼은 하는 수 없이 마지막 문제의 답안을 공란으로 두고 답안지를 제출했다.

답안지 제출이 끝난 후 한 학생이, 마지막 문항도 점수에 반영되는 것이냐고 물었다.

"물론이지."

교수님이 말씀하셨다.

"여러분은 간호사로서 앞으로 수많은 사람들을 대하게 될 것입니다. 한 사람 한 사람 모두가 중요한 사람들입니다. 이들은 여러분의 각별한 주의와 배려를 받을 권리가 있습니다. 여러분은 어떤 경우에라도 항상 이들에게 먼저 미소를 보내야 하고, 먼저 인사를 건네야 합니다."

현재 수석간호사가 되어 있는 레이첼은 지금도 그 강의를 절대 잊지 않고 있다. 그 화장실 청소 아주머니의 이름이 도로시였다는 사실도.

모든 사람에게 예절 바르고, 많은 사람에게 붙임성 있고, 몇 사람에게 친밀하고, 한 사람에게 벗이 되고, 누구에게나 적이 되지 말라.
◦ ● B. 프랭클린

아버지의 노트

청년의 아버지는 살아 생전 보물처럼
노트에 무언가를 적곤 하셨다.

그런데 한 가지 이상한 점이 있었다. 다른 일에 대해선 단
하나의 비밀도 없으셨지만, 오직 그 노트에 대해서만큼은 철저
히 함구하셨던 것이다. 청년은 아버지가 돌아가시던 날이 되어
서야 비로소 그 노트를 펼쳐볼 수 있었다.

그 노트에 적힌 것은 가족들의 이름과 친구들의 이름, 그리
고 낯선 사람들의 이름이었다. 뭔가 대단한 것을 기대했던 청
년은 적잖이 실망하고 말았다.

바로 그때였다.

"너, 아버지의 노트를 보고 있구나."

어느새 어머니가 다가와 다정한 목소리로 말했다.

"어머닌 이 노트를 아세요?"

어머니가 아들 손에서 그 노트를 받아 들고 한장 한장 넘기면서 잠시 추억에 잠기는 듯했다.

"이건 너희 아버지의 기도 노트란다. 아버진 매일 밤 한 사람씩 이름을 불러가며 조용히 감사의 기도를 올리곤 하셨지."

"아."

청년이 고개를 끄덕이다가 다시 낯선 이름들에 대해 물었다.

"이 사람들은 누군데요?"

"아버지에게 마음의 상처를 안긴 사람들이란다."

"?"

"아버지는 매일 그들을 용서하는 기도를 올리신 거지…."

그대에게 죄를 지은 사람이 있거든, 그가 누구이든 그것을 잊어버리고 용서하라. 그때에 그대는 용서한다는 행복을 알 것이다. 우리에게는 남을 책망할 수 있는 권리는 없는 것이다.
● 톨스토이

지혜로운 삶의 향기

백만 불짜리 신부

은퇴한 노신사가 저녁 산보를 즐기고
있었다. 저녁 노을이 지는 강변을 걷다가 평소 잘 알고 지내는
한 청년과 마주쳤다. 얼마 전 결혼한다는 소문을 들은 바로 그
청년이었다. 노인이 그에게 먼저 말을 건넸다.

"안녕, 탐! 자네 결혼식 날짜를 잡았다며? 축하하네."

청년이 공손히 답례를 했다.

"네, 감사합니다."

"그래, 약혼녀는 어떤 사람인가?"

"좋은 여자예요. 선녀처럼 아름다워요."

그러자 노신사는 주머니에서 수첩을 하나 꺼내더니 작은
동그라미를 하나 그려 넣었다. 그리고는 다시 탐을 바라보며
물었다.

"참 좋겠군. 또 그녀는 어떤 사람인가?"

탐이 주저 없이 대답했다.

"그녀는 누구보다도 총명하고 상냥합니다."

노신사가 수첩에 또 하나의 동그라미를 그렸다.

"그녀는 지금 쉬고 있지만, 올 가을엔 좋은 직장도 얻게 됩니다."

노신사는 탐이 자기 약혼녀에 대해서 들뜬 목소리로 칭찬할 때마다 수첩에다 동그라미를 하나씩 추가하여 그려 넣었다. 그렇게 해서 모두 여섯 개의 동그라미가 수첩에 그려졌다.

탐이 또 한 가지를 덧붙여 말했다.

"그뿐이 아닙니다. 제 약혼녀는 마음이 아주 착해서 도움이 필요한 사람한테는 늘 도움을 주려고 노력하지요."

탐이 매우 흡족하다는 듯이 약혼녀를 자랑하자, 노신사는 이제까지 그려 넣었던 여섯 개의 동그라미 앞에 1이라는 숫자를 적고는 수첩을 집어넣었다. 그리고는 탐의 손을 잡고 진심으로 축하한다며 이렇게 말했다.

"탐, 정말 축하하네. 자네의 신부는 백만 불짜리야! 그녀라면 자네의 인생을 걸 만하겠네!"

화술은 단순한 언어의 유희나 심리적인 마술이 아니라 상대와의 인간관계의 조화를 실현시키기 위한 자기 표현의 기술이며 연출이다. ● 홍서여

항아리와 돌

하루는 경영학과 학생들에게 시간관리 전문가의 특강이 있었다.

강사는 자신의 주장을 명확히 하기 위해 학생들에게 구체적인 예를 들어 설명했다.

"자, 퀴즈를 하나 풀어봅시다."

그는 테이블 밑에서 미리 준비한 커다란 항아리를 하나 꺼내 테이블 위에 올려놓았다. 그런 다음 주먹만한 돌을 그 항아리 속에다 하나씩 넣기 시작했다.

이윽고, 항아리 속을 돌로 가득 채우고 난 그가 물었다.

"어떻습니까, 이 항아리는 가득 찼습니까?"

"예."

학생들이 이구동성으로 대답했다.

그러자 그는 "정말?" 하고 되묻더니 다시 테이블 밑에서 조그만 자갈을 한 움큼 꺼내 들었다. 그리고는 항아리에 넣고 안에까지 들어갈 수 있도록 항아리를 흔들었다.

　　주먹만한 돌 사이에 자갈이 가득 차자, 그가 다시 물었다.

　　"이 항아리가 가득 찼습니까?"

　　눈이 동그래진 학생들이 "글쎄요" 하는 반응을 보였고, 그는 "좋습니다" 하더니 다시 테이블 밑에서 모래주머니를 꺼냈다.

　　강사는 모래를 항아리에 넣어 주먹만한 돌과 자갈 사이의 틈을 가득 채운 후에 다시 물었다.

　　"이 항아리가 가득 찼습니까?"

　　학생들은 한결같이 "아니요!"라고 대답했고, 그는 "그렇습니다" 하면서 테이블 밑에서 물을 한 주전자 꺼내서 항아리에 부었다. 그런 다음 진지한 눈빛으로 학생들에게 물었다.

　　"지금 제가 해 보인 이 실험의 의미가 무엇이겠습니까?"

　　한 학생이 손을 들더니 대답했다.

　　"제 생각은 이렇습니다. '당신이 매우 바빠서 스케줄이 꽉 찼더라도, 정말 노력하면 새로운 일을 그 사이에 추가할 수 있다'."

　　"아닙니다."

　　시간관리 전문가는 즉시 부인하고는 설명을 해나갔다.

　　"요점은 그게 아닙니다. 이 실험이 우리에게 주는 의미는

'만약 당신이 큰돌을 먼저 넣지 않는다면, 영원히 큰돌을 넣지 못할 것이다' 라는 것입니다."

강사의 말에 학생들 모두 공감하는 듯 저마다 묵묵히 고개를 끄덕이고 있었다.

내 인생의 큰 돌은 무엇입니까? 사랑? 우정? 건강? 직장? 봉사? 명예? 돈…? 저마다 제각각일 테지만, 중요한 것은 그것이 무엇이든 큰 돌을 맨 먼저 항아리에 넣어야 한다는 사실입니다!

무너진 건물

사소한 오해로 인해 오랜 친구와 연락을 끊고 지내는 한 남자가 있었다.

그는 자존심 때문에 먼저 연락을 취하지 않았지만, 질기도록 오랫동안 사귄 친구였기에 별 문제는 없으리라 생각하고 있었다.

하루는 그가 또다른 친구를 찾아갔고, 둘은 자연스럽게 친구와의 우정에 대해 이야기를 나누게 되었다.

그를 맞아준 친구가 창밖으로 보이는 언덕 위를 가리키며 이야기를 시작했다.

"저기 빨간 지붕을 얹은 집 옆에는 한때 헛간으로 쓰던 꽤 큰 건물이 하나 있었지. 튼튼하게 잘 지은 건물이었는데, 건물 주인이 떠나고 나서 얼마 후 허물어지고 말았지. 아무도 돌보는 사람이 없었으니까. 오랫동안 지붕을 고치지 않으니 빗물이 처마 밑으로 스며들어 기둥과 대들보 안쪽으로 흘러들었지. 그 이듬해 태풍이 불어닥쳤고, 건물이 조금씩 흔들리기 시작했지. 한동안 삐걱거리는 소리가 나더니 나중에는 결국 와르르 무너져버린 거야. 버젓했던 헛간이 졸지에 폭삭 주저앉아버렸지. 나중에 가보니 무너진 나무들이 제법 쓸 만하더군. 하지만 나무와 나무를 이어주는 나무못의 이음새에 조금씩 빗물이 스며들면서 나무못이 썩어 결국 허물어지고 만 것이지….”

두 사람은 나란히 언덕을 내려다보았다. 잡초만 무성할 뿐 거기에 헛간이 있었다는 흔적은 찾아볼 수가 없었다.

친구가 이야기를 계속했다.

“이봐, 친구. 인간관계도 물이 새지 않나 돌봐야 하는 헛간 지붕처럼 자주 손을 봐줘야 하네. 연락을 하지 않거나, 고맙다는 인사를 저버리거나, 잘못을 해결하지 않고 그냥 지낸다거나 하는 것들은 모두 나무못에 스며드는 빗물처럼 이음새를 약화시킨단 말일세.”

남자는 그 친구의 헛간 이야기를 통해 깊이 깨달은 바가 있었다.

그는 친구의 충고를 가슴에 새기며 돌아가는 발걸음을 재촉했다. 연락을 끊고 지내던 그 친구의 집으로 향하는 발걸음이었다.

그의 귓가에 친구의 마지막 한마디가 메아리쳤다.

"그 헛간은 참 좋은 헛간이었지. 아주 조금만 노력했다면 지금도 저 언덕 위에 훌륭하게 서 있었을 것이네…."

친구 사이의 우정을 두텁게 하지 않고 아무렇게나 지내는 것은 예쁜 꽃에 물을 주지 않고 시들게 내버려두는 것과 다름이 없다. 물을 주고 김을 매며 꽃을 가꾸듯 아름다운 우정을 쌓아 올리는 것이 현명하다.

◦• 새뮤얼 존슨

성공적인 재기

어떤 유명한 지휘자가 데뷔한 지 얼마 안 되는 미모의 여류 성악가와 결혼을 했다. 주위에서는 매우 이상적인 커플이라고 부러워하는 한편으로, 여자가 남편의 후광으로 엄청난 성공을 거둘 것이라고 확신했다.

그러나 예상과는 달리 그녀는 성공은커녕 시간이 지날수록 점점 더 실패와 좌절을 거듭했다. 지휘자인 남편이 자상하게 단점을 지적하고 충고해가며 훈련을 시키는데도 잘 되지 않았다. 그래서 결국에는 그토록 꿈꾸던 프리마돈나를 포기하고 그저 평범한 아내로서의 역할에만 충실하기로 결심했다.

몇 년 후 지휘자인 남편은 뜻하지 않은 병을 얻어 세상을 떠났고, 다시 몇 년 후 그녀는 사업을 하는 남자를 만나 재혼을 했다.

어느날 그녀가 아침식사를 준비하면서 콧노래 비슷하게 노래를 한 곡 불렀는데, 침실에서 남편이 뛰어나왔다.

"지금 부른 그 노래, 당신이 부른 거요?"

"저런, 제 소리가 당신 단잠을 깨웠나 보군요."

"천만에! 난 도무지 믿을 수가 없어서….'

남편이 극찬을 아끼지 않았다.

"이 세상에 태어나서 그렇게 멋진 노래는 여태 들어본 적이 없소."

"정말요?"

사업을 하는 남편은 음악에 대해서는 전혀 문외한에 가까웠다. 그러나 그녀는 남편의 찬사에 흥분하기 시작했다.

남편이 말했다.

"여보, 당신 노래를 다시 시작하면 어떨까?"

"노래를 안 한지 벌써 7년이 넘었는걸요."

"7년이면 어떻고 17년이면 무슨 상관이오? 한번 해봅시다. 내가 도와주리다."

남편의 독려에 그녀는 다시 노래를 시작했다. 결과는 대 성공이었다. 신문마다 그녀의 화려한 재기를 대서특필했다. 나중에는 카네기홀에서도 발표회를 가졌는데, 관객 모두가 기립박수를 보내는 대성황을 이루었다.

약점을 찾아 고치려는 노력 못지 않게 중요한 것이 장점을 찾아 그것을 고양시켜나가는 것입니다. "정말 멋져, 최고야"라는 말을 들을 때 자신감이 생깁니다.

거인과 부자

어떤 거인이 혼자 움막을 짓고 살고 있었다.

그는 늘 맨발이었다. 발바닥이 두껍고 단단해서 신이 필요 없었다. 그래서 맨발이었지만 걸음걸이는 당당하기 그지없었다. 그는 또 옷도 입지 않았다. 짐승 가죽으로 겨우 앞만 가리고 지냈는데, 여름이나 겨울이나 한결같았다.

거인이 사는 움막 아래쪽 마을에는 많은 토지를 소유한 부자가 살고 있었다. 이 부자는 매년 일꾼을 구하느라 골머리를 앓았다.

부자는 어느날 이런 엉뚱한 생각을 했다.

'움막에 사는 거인을 일꾼으로 부릴 수만 있다면…!'

그는 거인을 일꾼으로 부리려고 온갖 궁리를 다 해보다가, 문득 괜찮은 아이디어를 떠올리고 자기 무릎을 탁 쳤다.

"옳지, 됐다!"

부자는 자기 아내를 시켜서, 보통 사람이 입는 옷의 두 배는 족히 되는 치수로 옷감을 뜨고 두툼한 솜을 넣어 바지저고리 한 벌을 만들게 했다. 그래서 그 옷이 완성되자 몰래 거인의 움막에다 갖다놓았다.

쌀쌀한 초겨울 저녁, 산을 돌아다니다 움막으로 돌아온 거인은 낯선 보퉁이를 보고 멈칫했다.

"어, 이게 뭐지?"

호기심에 풀어보니 바지 한 벌이 나왔다. 하지만 옷이란 것이 거인에게 그렇게 긴요한 것은 못 되었다. 거인은 그 옷을 한쪽에 밀쳐두고 며칠 동안 물끄러미 쳐다보기만 했다.

그러던 어느날이었다.

"어디, 한번 입어볼까…?"

갑자기 호기심이 생긴 거인은 아주 굼뜬 동작으로 옷을 입기 시작했다. 꽤 안간힘을 써가며 다 입고 나자 몸이 아주 따뜻해졌다. 거인은 그날 밤, 난생 처음으로 옷을 입은 채 잠이 들었다. 그렇게 재미 삼아 며칠 동안 옷을 입고 지내다 보니, 이젠 벗기가 싫어졌다.

그렇게 겨울을 보내고 봄이 되자 옷이 거추장스럽게 느껴졌다. 거인은 옷을 벗어 던지고 다시 맨몸으로 지냈다.

그런데 이상한 일이었다. 산으로 들로 짐승을 쫓아다니다

보면 온몸에 상처가 나는 것이었다. 가시에 긁히기도 하고 거친 풀잎에 베이기도 했다. 그러다가 다시 겨울이 찾아왔고, 거인은 추워서 견딜 수가 없었다. 그래서 지난해 입었던 바지를 찾았으나 웬일인지 보이지가 않았다.

"큰일이다!"

그 긴 겨울을 알몸으로 보낼 생각을 하니 아득할 뿐이었다.

하는 수 없었다. 며칠을 덜덜 떨고 난 거인은 마을로 내려가 부자를 찾았다. 그런 거인을 본 부자는 입가의 미소를 감추느라 자꾸 수염을 쓰다듬었다. 거인이 부자에게 말했다.

"저한테 옷 한 벌 빌려주실 수 없나 해서요."

부자가 거들먹거리며 대꾸했다.

"저런! 옷은 어디다 쓰시려고? 엄동설한에도 옷을 안 입고 지내지 않소?"

"옛날에는 그랬습죠. 그런데 지난해 장난삼아 옷을 입고 지냈더니…."

"그나저나, 옷값은 어떻게 주시겠소? 설마 공짜로 달라는 건 아니겠지?"

"그게, 저…."

부자가 말했다.

"봄이 오면 농사일이나 좀 거들어주겠소? 그러면 내 따뜻한 솜옷 한 벌 내어드리리라."

"물론입니다."

거인은 이마가 땅에 닿도록 절을 하고 나서 부자가 내준 솜옷을 받아 움막으로 돌아왔다. 그래서 그 옷을 입고 그럭저럭 그해 겨울을 넘길 수 있었다.

이듬해 봄이 찾아왔고, 거인은 솜옷을 끈으로 묶어 움막 천장에 매달아놓고 그 길로 부자를 찾아갔다.

"어르신의 솜옷 덕택에 무사히 겨울을 넘겼습니다. 이제 은혜를 갚아야지요."

"좋아, 그럼 밭을 갈고 씨 뿌리는 일을 도와주겠소?"

"암요, 말씀만 하십시오."

거인은 무슨 일이든 다 척척 해치웠다. 똑같은 시간에 밭은 보통 사람의 다섯 배를 갈았고, 장작은 열 배나 더 팼다. 부자는 그저 이 일 저 일을 시키기만 하면 되었다. 그해 농사는 참 수월하게 잘 지었고, 게다가 더없이 큰 풍년이었다.

추수를 끝낸 거인이 부자에게 말했다.

"이제 옷값은 다 갚았습니다."

"잘 가게나."

부자는 돌아서는 거인의 넓은 등을 바라보며 야릇한 미소를 지었다.

움막으로 돌아온 거인은 찬바람이 불자 지난봄에 챙겨두었던 솜옷을 바라보며 흡족해했다. 그 솜옷을 두고두고 입으면 다시 부자의 신세를 지지 않아도 될 것 같았다. 하지만 솜옷을 내려 끈을 풀어보고 난 거인의 안색은 곧 창백해졌다. 빗물이 스며들어 얼룩덜룩해진 옷은 솜이 다 삭아 도저히 입을 수가 없을 지경이었다.

"이거 야단났군!"

며칠 동안 끙끙대며 고민하던 거인은 결국 다시 부자를 찾아갔다.

"자네, 웬일인가?"

"어르신, 또 신세를 져야겠습니다."

부자는 다시 수염을 쓰다듬는 척 손으로 입을 가리고 웃었다.

거인은 그런 식으로 옷 한 벌을 위하여 해마다 부자의 집에서 머슴살이를 해야만 했다. 세월이 흐를수록 거인은 점점 더 추위를 탔고, 이제는 한여름에도 홑옷을 입어야 했다. 해를 거듭할수록 거인의 할 일만 늘어났지, 부자는 새경을 올려주지 않았다. 그러니 느는 것은 빚뿐이었다. 부자는 거인 앞에서는 짐짓 점잖은 체하다가 등뒤에서는 야릇한 웃음을 흘렸다. 하지만 거인은 꾸역꾸역 일만 하느라 번번이 그 웃음을 보지 못했다.

지혜를 얻는 데는 세 가지 방법이 있다.
첫 번째 방법은 사색에 의한 것으로, 가장 고상한 방법이다.
두 번째는 모방으로, 가장 쉬우나 만족스럽지 못한 방법이다.
세 번째는 경험을 통해 얻는 방법으로, 가장 어려운 것이다.　● 공자

무소유

왕위에 올랐으나 자신은 여전히 행복하지 못하다고 여기는 왕이 있었다.

어느날 그가 신하들을 불러 명령했다. 나라 안에서 가장 행복한 사람을 찾아오라고. 만약 그런 사람을 찾게 되면 금 천냥을 주고라도 그 사람이 입고 있는 속옷을 빼앗아오라고. 그 옷을 입으면 자기도 행복해질 것이라는 믿음 때문이었다.

왕의 지시를 받은 신하는 오랜 세월 동안 나라 안 구석구석을 돌아다니며 행복해 보이는 사람을 찾아다녔다. 가능성 있는 후보들은 무척 많았다. 권력을 가진 사람, 평생을 써도 다 못쓸 부를 가지고 있는 사람, 가진 것은 적어도 높은 학식을 뽐내는 사람…. 그러나 진정 행복해 보이는 사람을 만나기란 무척힘이 들었다.

하루는 외딴 시골길을 터벅터벅 걷고 있는데, 한 청년이 흥겹게 노래를 부르며 걸어가는 것이었다. 아, 그 청년의 얼굴은 너무나도 행복한 표정으로 가득 차 있었다.

왕의 신하가 그를 붙잡고 물었다.

"그대는 정말 행복해 보이는군."

청년이 확신에 찬 목소리로 경쾌하게 대답했다.

"그럼요. 단 하루도 불행해본 적이 없습니다."

이에 신하가 자신의 목적을 말해주었다.

"그러면 자네가 입고 있는 속옷을 나에게 팔게나."

그러자 청년이 지저분한 외투 자락을 활짝 열어 속을 보여주면서 말했다.

"보시다시피 전 속옷이 없습니다."

"?"

"사실 속옷뿐 아니라 구두도 한 켤레 없어서 불만이었는데, 마침 이리로 오다가 발이 없는 사람을 만난 후로는 구두가 없다는 게 무슨 불만인가 싶어 감사의 마음을 되찾게 되었지요."

만족할 줄 아는 사람은 비록 땅바닥에 누워 있어도 안락하나, 그렇지 않은 사람은 천당에 있어도 불편합니다. 또한 만족할 줄 모르는 사람은 부자일지라도 가난하고, 그렇지 않은 자는 가난하더라도 부유한 것입니다.

목동과 다윗

이스라엘의 사울 왕 시절, 어떤 남자가 병에 걸려 아리따운 부인을 남겨두고 세상을 떠났다. 그러자 오래 전부터 그녀를 탐내던 그곳 영주는 그녀를 자기 첩으로 삼으려고 했다. 하지만 영주의 낌새를 눈치챈 여인은 몰래 달아나기로 결심했다.

그녀는 재산을 처분한 돈을 모두 몇 개의 항아리에 나누어 담고, 그 위에 꿀을 채웠다. 그리고 증인이 보는 앞에서 죽은 남편의 친구에게 그 항아리를 맡기고 다른 고장으로 떠나버렸다.

몇 달 후, 여인의 꿀 항아리를 맡았던 친구의 아들이 결혼을 하게 되어 갑자기 꿀이 필요해졌다. 문득 지난번에 맡아두었던 꿀단지가 떠오른 그는 지하실로 내려가 뚜껑을 열어보았다.

항아리 안에는 꿀이 가득 들어 있었다. 그런데 꿀을 조금

덜어내자 그 밑에서는 금화가 빛나고 있지 않은가! 다른 항아리에도 역시 금화가 가득 들어 있었다. 그는 돈을 모두 꺼낸 다음 새로 꿀을 사서 다시 가득 채워놓았다.

시간이 흘러 그곳 영주가 죽었다는 소식에 여인이 다시 고향으로 돌아왔고, 맡겼던 항아리를 되찾으려고 했다. 그러자 죽은 남편의 친구가 말했다.

"항아리를 맡을 당시의 증인이 보는 앞에서 받아가는 것이 좋겠소."

여인은 곧 증인을 데려왔고, 항아리를 맡았던 사람은 그 증인 앞에서 항아리를 돌려주었다.

집에 도착한 여인은 뚜껑을 열고 안을 들여다보았다. 남자가 빼돌린 금화가 있을 리 없었다.

여인은 너무도 분해하며 즉시 재판관에게 달려갔다.

"그 항아리에 돈이 들었다는 것을 아는 증인이 있는가?"

재판관의 물음에 여인이 대답했다.

"없습니다. 저만 아는 사실입니다."

"그렇다면 나도 어쩔 수가 없다. 정 억울하면 상급 재판소를 찾아가보도록 해라."

여인이 다시 상급 재판관을 찾아갔다. 그러나 상급 재판관 역시 항아리에 돈이 들어 있었다는 것을 증언해줄 사람이 없다면 재판을 할 수 없다는 말뿐이었다.

낙심하여 집으로 발걸음을 돌리던 여인은 도중에 우연히 다윗을 만나게 되었다. 훗날 왕위에 오르는 다윗은 당시 양을 치는 일개 목동 신분이었으나, 지혜롭다는 소문이 자자했다.

여인의 억울한 사연을 듣고 난 다윗이 말했다.

"그렇다면 사울 왕을 찾아가서, 다윗이 재판을 해도 되겠느냐고 물어오십시오. 만일 왕께서 허락하시면 제가 시비를 가려드리지요."

그의 말에 여인이 이번에는 사울 왕을 찾아갔다. 그리고 사연을 말하자 왕은 그 소년을 불러도 좋다고 허락했고, 여인은 목동을 왕 앞에 데리고 왔다.

"그대가 재판을 해보겠다고?"

"폐하께서 허락해주신다면 시비를 가려보고 싶습니다."

"좋다! 한번 해보도록 하라."

다윗은 피고를 재판정으로 불러들였고, 여인에게는 문제의 항아리를 가져오라고 시켰다.

그가 먼저 여인에게 물었다.

"이 항아리가 틀림없습니까?"

"틀림없습니다."

다음으로 고소당한 남자를 향해서 똑같이 질문했다.

"이 항아리가 저 여인이 맡겨두었던 항아리가 틀림없는가?"

"틀림없습니다."

그러자 다윗은 대기하고 있던 하인에게 빈 그릇을 가져오라고 하여 항아리 속에 들어 있는 꿀을 모두 빈 그릇에 쏟아냈다. 그런 다음 여러 사람들이 지켜보는 가운데 그 항아리를 하나 하나 두들겨 깨뜨렸다. 그러자 깨진 항아리 파편들 속에서 금화 두 닢이 발견되었다. 꿀이 굳어 항아리 밑바닥에 달라붙어 있던 것이었다.

다윗이 거짓말을 한 남자를 향해 명령했다.

"당신이 맡았던 돈을 당장 이 여인에게 돌려주시오!"

이날의 재판 소식을 듣고, 이스라엘 사람들은 또 한번 다윗의 지혜로움에 탄복했다.

포도주는 새 술일 때에는 신 포도와 같은 맛이 난다. 그러나 오래되면 오래될수록 맛이 좋아진다. 지혜도 똑같은 것이다. 해를 거듭함에 따라 지혜는 닦여진다.

○● 탈무드

호두

아주 오랜 옛날, 신과 인간은 서로 교통 (交通)을 할 수 있었다고 한다.

어느날 호두 농사를 짓는 농부가 신을 찾아가 부탁했다.

"저는 호두 농사를 짓는 농부입니다."

"그런데 무슨 일로 나를 찾아왔는가?"

"네, 다름이 아니오라, 저에게 1년만 날씨를 맡겨주십시오. 딱 1년 동안만 제 뜻대로 날씨를 조정할 수 있도록 해주십시오."

일기에 관한 한 신의 권위가 절대적이었지만, 그 농부가 하도 간곡하게 사정하는 바람에 신도 두 손을 들고 말았다. 그래서 그로 하여금 1년 동안 날씨에 대한 모든 것을 조종할 수 있게끔 해주었다.

그후 1년 동안은 날씨가 그 농부의 마음대로 되었다. 그가 따사로운 햇볕을 원하면 햇볕이 내리쬐었고, 촉촉한 비를 원하면 비가 내렸다. 바람도 불지 않아 덜 여문 호두알을 떨어뜨리는 일도 없었고 천둥이나 번개도 일지 않았다. 매사가 순조로웠다. 그래서 농부는 그저 마음 편히 나무 그늘 아래서 낮잠이나 즐기면 되었다.

　이윽고 수확철이 되었고, 기대대로 호두 농사는 상상할 수 없을 정도로 대풍년이었다. 농부는 기쁨에 들뜬 마음으로 산더미처럼 떨어져 쌓인 호두 가운데 하나를 주워 깨뜨려보았다. 그런데 이게 웬일인가? 속이 텅 비어 있는 것이 아닌가?

　"…?"

　다른 호두를 깨보아도 마찬가지였다. 산더미처럼 쌓인 호두는 하나같이 알맹이가 하나도 없는 것들이었다. 농부는 털썩 주저앉고 말았다.

　이튿날 농부가 다시 신을 찾아가서, 빈 껍데기 호두를 집어 던지며 항의했다.

　"대체 이게 어떻게 된 일입니까? 죄다 쭉쟁이 아닙니까?"

　그러자 신이 빙그레 미소지으며 말했다.

　"당연하지!"

　"?"

　"노력도 도전도 없는 것에는 알맹이가 들지 않는 법. 폭풍

같은 방해도 있고, 가뭄 같은 갈등도 있어야 껍데기 속의 영혼이 깨어나 여무는 것일세."

한 송이 들꽃을 피우는 데도 오랜 세월의 노력이 필요한 것입니다. 하늘은 스스로 돕는 자를 돕는다고 했습니다. 지금 시도하지 않으면 안 됩니다. 어떤 일이라도 노력을 하면, 그만큼의 효과가 있는 법입니다.
지금 곧 간단한 노력으로 할 수 있는 일부터 시작하여 일단 성취감을 맛보아두면, 뒤에 어떤 난관이 닥치더라도 그것을 돌파할 용기가 솟는 법입니다.

사자의 교육

숲속의 사자 왕이 새끼로 숫사자를 얻었다.

많은 부분에서 짐승의 특징은 우리 인간과는 다르다. 한 살짜리 갓난아기는 설사 그 아이가 왕의 자식이라 해도 철없고 나약하기 짝이 없지만, 사자의 경우에는 이미 성숙한 개체가 되어 있는 것이다. 그래서 왕자가 한 살이 되었을 때, 사자 왕은 결심을 굳혔다.

"왕자를 무지하게 키울 수는 없다. 천만의 말씀! 녀석 때문에 왕인 내 명예를 훼손해서야 쓰겠는가. 그런데 누구에게 녀석의 교육을 부탁해야 하지?"

사자 왕은 깊은 고민에 사로잡혔다. 그래서 고민 끝에 현명하기로 이름난 신하를 불러들여 질문했다.

"왕자에게 제왕학을 가르칠 스승으로 누가 적당한가? 여우에게 맡길까?"

신하가 대답했다.

"여우는 현명하니까 나름대로 훌륭한 면이 있습니다. 하지
만 여우는 거짓말하기를 좋아합니다."

사자 왕이 고개를 흔들었다.

"그럼 안 되겠군. 그럼 두더지는 어떠한가?"

신하가 대답했다.

"소문에 의하면 두더지는 무슨 일에나 신중해서 더듬어보
지 않고서는 몸도 꼼짝하지 않는다고 합니다. 먹을 곡식의 낱
알 하나까지도 깨끗이 닦으며, 그 껍질도 스스로 벗긴다고 합
니다. 다만 두더지의 눈이 바로 코앞에 있어서 가까운 것은 잘
보지만 먼 것은 전혀 볼 수가 없다는 게 흠이지요."

사자 왕이 고개를 끄덕였다.

두더지는 매우 모범적이다. 하지만 숲의 왕국은 두더지 구
멍보다는 훨씬 크고 넓었다.

"그럼, 표범은 어떠한가?"

"표범은 용감하고 강하기 그지없으며, 뛰어난 전술가입니
다. 그러나 표범은 정치를 모릅니다."

왕은 판사, 장관, 군인 등 모든 것을 두루 통괄하지 않으면
안 되었다. 확실히 살생만 능숙할 뿐인 표범은 왕자의 스승이
될 수가 없었다.

사자 왕과 신하가 오랜 시간 토론했지만, 결국 마땅한 스승은 찾기 힘들었다. 하다 못해 숲속의 모든 동물들에게 존경받는 코끼리조차도 그 현명함과 학식을 믿을 수 없었다. 사자 왕과 신하는 결국 아무런 결론도 내릴 수 없었다.

그런데 다행인지 불행인지, 사자 왕의 그런 고민이 새의 왕 독수리에게까지 전해졌다. 독수리는 사자 왕과는 친구처럼 왕래하며 지내고 있었는데, 어느날 찾아와서는 흔쾌히 그 자신이 왕자의 스승이 되겠다고 나섰다.

이에 사자 왕은 망설임 없이 허락하고는 안도의 숨을 내쉬었다. 같은 왕인 독수리라면 별 문제가 없어 보였고, 그보다 더 나은 스승을 찾기가 힘들다고 생각했다. 그래서 왕자는 곧 독수리에게 보내졌다.

사자 왕자가 독수리에게 제왕학을 배우러 떠난 지 어느덧 2년이 흘렀다. 그러는 사이에 누구에게 물어보아도 한결같이 들을 수 있는 말이 어린 왕자에 대한 칭찬뿐이었다. 하늘을 나는 모든 새들이 왕자의 눈부신 성장을 숲속에 알리며 돌아다녔다.

마침내 약속된 해가 되어, 사자 왕이 아들을 불러들였다. 그리고 부쩍 성장한 왕자가 돌아오자 사자 왕은 숲속의 모든 짐승들을 불러모았다.

"사랑스런 내 아들아, 나의 후계자는 너 하나뿐이다. 나는 기꺼이 너에게 이 왕국을 물려주겠노라. 그러니 모두 앞에서 나에게 말해보라. 너는 그 동안 무엇을 배웠으며, 무엇을 알고 있는지, 그리고 숲속의 백성들을 위해 어떻게 할 것인지를."

왕자가 대답했다.

"왕이시여, 저는 이곳에 있는 그 누구도 알지 못하는 것을 배워왔습니다. 즉 독수리로부터 작은 메추리에 이르기까지 모든 새에게 적합한 생식지가 어디이며 그들이 무엇을 즐겨 먹는지, 그리고 어떤 알을 낳는지를 말입니다. 또한 새에게 높은 가지는 어떻게 사용되고 낮은 가지는 어떻게 사용되는지를 실제로 보여드리겠습니다. 또한 저는 모든 백성들에게 둥지를 만드는 법을 가르치겠습니다. 그래서 저를 둘러싼 평판이 결코 거짓이 아니라는 사실을 보여드리겠습니다."

왕자의 말에 그곳에 모여 있던 모든 짐승들이 깊은 시름에 잠겼다. 그리고 늙은 사자 왕도 뒤늦게 깨달았다. 자식이 그 동안 아무런 쓸모도 없는 것을 배워와서 부질없는 소리를 지껄이고 있다는 것을…!

우둔한 사람을 보좌하는 것은 마치 황야에서 대성통곡을 하거나, 죽은 사람의 몸을 문질러주거나, 바짝 마른 땅에 연꽃을 심거나, 귀머거리의 귀에 속삭이는 것과 조금도 다를 바가 없다.
● 판차탄트라

뱀과 중상모략가

'악마들은 조금도 공평함을 모른다'는 말은 악마들을 경솔하게 보고 하는 이야기에 불과했다. 때로는 그들도 자기 분수를 지키며 살고 있었다. 여기 그 실례를 한 가지 들어보겠다.

지옥에서 어떤 행사가 있었다.

팡파르가 울리면서 시작된 제전 행진에서 뱀과 중상모략가가 서로 선두를 차지하려고 언성을 높이며 다투기 시작했다. 둘은 누가 선두를 차지할 것인가를 두고 조금의 양보 없이 싸웠다. 지옥에서 첫 번째 자리를 차지한다는 것은 두말할 필요도 없이 이웃에게 보다 많은 재앙을 안겨준 쪽일 것이다. 그렇기 때문에 이 격렬하고 장황스러운 말다툼에서 중상모략가는 뱀의 얼굴에 자신의 혀를 삐쭉 내밀어 보였다.

한편, 뱀은 중상모략가에게 자신의 독 이빨을 자랑했다. 그리고 도저히 모욕을 참지 못하겠다는 듯이 씩씩 소리를 내면서 중상모략가를 앞지르려고 안간힘을 썼다. 그래서 마침내 뱀이 중상모략가를 앞질러버렸다.

그러나 악마의 우두머리는 그 사태를 그냥 보아 넘기지 않았다. 우두머리는 그 즉시 뱀을 뒤로 끌어내리면서 말했다.

"나는 그대의 공적을 충분히 인정하는 바지만, 첫 번째 자리는 정의에 의거하여 중상모략가에게 부여하는 바이다."

"도대체 왜입니까?"

"뱀 그대는 흉악하다. 또한 그대의 독 이빨은 타인의 목숨을 빼앗을 정도의 힘을 가지고 있다. 확실히 그대는 매우 위대한 존재임에 틀림없다. 그러나 그대는 중상모략가의 흉폭한 혓바닥처럼 멀리서도 남에게 상처를 입힐 수는 없다. 그의 흉폭한 혓바닥으로부터는 도저히 도망칠 수가 없는 것이다. 그러니 그대는 마땅히 중상모략가의 뒤를 따라야 한다."

그후로 지옥에서는 중상모략가 쪽이 뱀들보다 더욱 존경받는 존재가 되었다고 한다.

사람은 누구나 성공하고 싶어한다. 어떤 사람에겐 그것이 하나의 병과 같이 되어 자나 깨나 머리에서 떠나지를 않는다. 성공하기란 그렇게 어려운 일이 아니다. 성공병 환자들은 대개 남의 성공을 시기하는 마음이 강하다. 시기하는 끝에 욕이나 중상을 하게 된다. 이런 방법으로는 절대 성공하지 못한다. 일시적인 성공은 있을지 몰라도 머지않아 떨어지고 만다.

○● D. 카네기

간단한 방법

M호텔 부사장인 로저 다우는 호텔 단골 고객들로부터 호텔에 방문할 때마다 처음 방문하는 손님 취급을 받는다는 불만사항을 접수했다. 자기 집처럼 편안한 느낌을 주어도 부족할 호텔이 고객을 뜨내기 취급한다면 보통 큰 문제가 아니었다. 다우는 문제를 해결하기 위해 즉시 관리 부서를 찾아갔다.

다우는 그곳 기술 담당에게, 한번 이상 찾아온 고객들을 분류해서 인식하는 컴퓨터 시스템 구축을 요구했다. 하지만 그는 단번에 난색을 표했다.

"그런 시스템을 구축하려면 적어도 500만 달러의 개발비와 3년 이상의 기간이 필요합니다."

"…!"

기술 담당의 대답에 다우는 아무런 대안도 마련할 수가 없었다.

몇 주 후 캘리포니아로 출장을 가게 된 그는 그곳에 있는 G호텔에 묵게 되었다. 현관에 들어서기가 무섭게 빌이라는 도어맨이 그를 맞아주었다. 다우가 여러 해 전부터 알고 지내던 직원이었는데, 가방을 받아 든 다음 카운터 여직원에게 다우를 안내했다.

여직원이 상냥하게 미소지으며 인사를 해왔다.

"안녕하세요, 다우 씨. 저희 G호텔을 다시 찾아주셔서 감사합니다."

"…?"

다우가 그녀에게 물었다. 자기가 전에 이 호텔에 왔었다는 사실을 어떻게 알았느냐고.

그러자 그녀는 이렇게 설명해주었다.

손님이 호텔에 들어오면 빌이 그 손님을 맞이한다. 만약 빌이 처음 보는 손님이면 이렇게 묻는다. "성함이 어떻게 되십니까? 전에 저희 호텔을 방문하신 적이 있으셨나요?" 만약 손님이 그렇다고 대답하면 빌은 손님을 데스크 직원에게 소개할 때, '전에 투숙한 손님'이란 뜻으로 자기 귓불을 살짝 잡아당기는 것이다.

설명을 마친 그녀가 급사를 불렀다.

"이분은 다우 씨입니다. 오늘 밤 우리 호텔 크리스털 룸에서 묵으실 겁니다."

이렇게 말하며 그녀 역시 자기 귓불을 살짝 잡아당겼다. 그러자 급사가 눈치껏 다가와 이렇게 말하는 것이었다.

"안녕하십니까, 다우 씨. 다시 모시게 되어 정말 영광입니다."

G호텔 직원들의 그런 센스 있는 행동에 다우는 크게 감동했다. 그들은 수백만 달러가 드는 컴퓨터 시스템이 아닌, 귓불을 만지는 간단한 방법으로 유쾌하게 단골손님을 맞아들이고 있었던 것이다.

절대적인 방법이란 없는 것이다. 때와 경우에 따라서 방법을 달리 할 수 있어야 한다. 그러나 사람들은 자신의 방법에 애착이 심하여 그 테두리를 쉽게 벗어나지 못한다. 정해진 해결법 같은 것은 없다. 인생에 존재하는 것은 진행중의 힘뿐이고, 그 힘을 만들어 내야 하는 것이다. 그것만 있으면 해결법 따위는 저절로 알게 되는 것이다.

- 생텍쥐페리

우정

도깨비 중에서도 색깔이 빨간 도깨비
가 있었다.

도깨비 하면 으레 무섭고 나쁜 짓을 많이 한다고 생각해 사
람들이 싫어하지만, 빨간 도깨비는 마음씨가 매우 착한 도깨비
였다.

빨간 도깨비는 사람들로부터 미움을 받는 것이 무척 싫었
다. 사람들과 어울려 살며 함께 정을 느끼고 싶었다. 하지만 사
람들이 그냥 도깨비도 아닌 빨간 도깨비를 좋아할 리가 없었다.

하다 못해 빨간 도깨비가 자기 집 문 앞에다 이런 글귀를
써 붙였다.

"누구든 쉬었다 가세요. 따뜻한 차와 음료를 대접하겠습니
다."

어느날 한 나무꾼이 밤늦게 길을 잃고 헤매던 중, 빨간 도깨비의 집으로 찾아들었다. 나무꾼은 처음에는 무척 겁을 먹었지만, 빨간 도깨비의 친절에 매우 감동을 받았다.

하룻밤 환대를 경험한 나무꾼은 도깨비에 대한 고정관념을 버렸고, 자기 친구들한테도 빨간 도깨비에 대한 이야기를 해주며 같이 그 집에 놀러가자고 제의했다. 하지만 친구들은 도무지 믿으려 하지 않았다. 빨간 도깨비는 사람들이 모두 자기를 피하려고만 드는 것이 여간 마음 아프지 않았다.

그러던 어느날, 빨간 도깨비의 친구 파란 도깨비가 놀러왔다. 사연을 다 듣고 난 파란 도깨비는 친구를 돕기 위해서 한가지 지혜를 짰다.

파란 도깨비는 먼저 사람들의 마을로 가서 온 동네를 엉망으로 만들어버렸다. 이리저리 때려부수고 정신없이 어지럽히고…. 그러면서 파란 도깨비는 빨간 도깨비더러 자기를 막으라고 했다. 행패를 부리는 자기를 물리치면 빨간 도깨비가 착한 도깨비라는 걸 사람들이 알게 될 것이라 생각했던 것이다.

하지만 빨간 도깨비는 친구인 파란 도깨비를 어떻게 할 수가 없었다. 그래서 적당히 때리는 시늉만 했다.

이에 파란 도깨비가 화를 내며 소리쳤다.

"진짜 때리지 않으면 사람들과 친해질 수가 없어. 빨리 때리란 말야!"

하는 수 없었다. 빨간 도깨비는 파란도깨비를 죽도록 때리면서 더 이상 사람들을 괴롭히지 말라고 했다. 그러자 사람들은 비로소 빨간 도깨비가 착하다는 것을 알고 그를 좋아하게 되었다.

하지만 빨간 도깨비는 친구를 괴롭혔다는 자책감에 무척 마음이 아팠다. 그래서 문 앞에다 이렇게 써 붙였다.

"죄송합니다. 오늘은 차와 음식을 대접할 수 없습니다."

그런 다음 이웃 마을의 파란 도깨비 집을 찾아갔다. 그런데 그곳엔 편지 한 통만 있을 뿐 파란 도깨비는 보이지 않았다.

그 편지에는 이렇게 쓰여 있었다.

"친구, 다신 날 찾아오지 마. 너와 내가 친구 사이란 걸 알면 사람들이 또다시 널 싫어하게 될 테니까…."

좋은 벗이란, 상대방의 잘못을 보면 일깨워주고, 좋은 일을 보면 마음속 깊이 기뻐하며, 괴로움에 처했을 때 서로 버리지 않으며, 이익을 분배하고, 상대방에게 직업을 갖게 하고, 늘 어진 생각을 하는 사람이다. 나쁜 벗이란, 상대의 물질을 빼앗으며, 거짓말을 하며, 체면만을 좋아하며, 삿된 가르침을 준다. ○● 불경

세 친구

어떤 사람에게 세 친구가 있었다.

첫 번째 친구는 그가 가장 좋아하고 신뢰하는 친구였다.

두 번째 친구 역시 좋아하긴 했지만, 첫 번째 친구보다는 소중하게 생각하지 않았다.

그리고 세 번째 친구는 친구라고 생각하긴 했지만, 별로 관심을 갖고 있지 않았다.

어느날 그가 먼길을 떠날 일이 생겼다.

그는 먼저 자신이 가장 소중히 여기는 첫 번째 친구에게 동행을 부탁했다. 그러나 그 친구는 별다른 이유도 말해주지 않고 함께 가기를 거절했다.

두 번째 친구에게 부탁하자, 성문 앞까지는 함께 가주겠지만 그 이상의 동행은 힘들다고 말했다.

마지막으로 그는 세 번째 친구를 찾아갔다.

그 친구가 밝은 표정으로 말했다.

"자네와 함께라면 기꺼이 동행하도록 하지. 어려울 때 함께 하는 것이 진정한 친구 아니겠나."

이 이야기에서 첫 번째 친구는 재산이다. 제 아무리 소중히 여기고 사랑할지라도, 죽음이라는 먼길을 떠날 때는 남겨두고 가야 하는 것이다.

두 번째 친구는 사랑하는 사람이다. 이 역시 묘지 앞까지는 따라가주지만, 그 이후에는 혼자 제 갈 길을 가고 만다.

세 번째 친구는 선행이다. 평상시에는 눈에 잘 띄지 않지만, 죽음 뒤에도 그와 동행한다.

선을 쌓지 않으면 이름을 이룰 수가 없고, 악을 쌓지 않으면 몸을 망치지 않는다. 소인은 작은 선으로는 이로움이 없다 하여 행하지 않고, 작은 악으로는 해로움이 없다 하여 버리지 않는다. 그러므로 악이 쌓이면 가릴 수 없고, 죄가 커지면 풀지 못하게 된다.

내일을
여는
희망의 향기

볶은 흙 한줌

인도의 어떤 왕국에서 있었던 일이다.

어느 해 궁궐의 정원사가 죽자 왕은 나라 전역에 포고령을 내려 새 정원사를 한 명 뽑았다.

왕이 직접 뽑은 그 정원사의 솜씨는 정말 대단했다. 단번에 병든 화초를 가려냈고, 그의 손이 스쳐가기만 해도 시들던 꽃이 생기를 얻었다. 실력도 실력이지만, 무엇보다도 그는 부지런했다. 잠시도 정원 가꾸기를 쉬지 않아서 손이 늘 흙투성이였다.

하루는 왕이 정원으로 산보를 나왔다. 정원사는 그때도 병든 꽃나무들을 돌보느라 땀을 뻘뻘 흘리고 있었다.

왕이 그에게 다가가 물었다.

"어떤가, 살아나겠는가?"

"예, 새벽에 맑은 이슬이 내렸고, 지금은 따뜻한 햇볕이 내리쬐고 있으니 곧 소생할 것입니다."

정원사가 공손히 대답했다. 그런데 그 대답하는 투가 왕의 귀에는 왠지 거슬렸다. 신하로부터 이런 식의 대답은 처음 들었기 때문이다.

"예, 폐하의 덕분입니다. 이렇게 몸소 나오셨으니 곧 되살아나고말굽쇼."

신하들은 늘 이런 식으로 대답을 해왔던 것이다. 왕은 언짢은 기분을 애써 참으며 그냥 지나쳤다.

그 뒤 또다른 날, 왕이 여러 신하들과 함께 궁 안을 거닐다가 또 정원사와 마주쳤다.

왕이 둘러보다가 한마디했다.

"나비들이 전보다 많아졌군."

정원사가 공손히 대답했다.

"예, 향기를 풍기는 꽃송이들이 늘었으니까요."

"못 보던 새들도 부쩍 늘었어."

"그만큼 숲도 더 우거졌습니다."

그때였다. 왕의 얼굴이 붉으락푸르락해지더니 갑자기 언성이 높아졌다.

"전혀 내 덕분이 아니란 말이렷다!"

"예?"

정원사가 비로소 고개를 들고 의아한 시선으로 왕을 올려다보았다. 뒤따르던 신하들도 덩달아 눈꼬리를 치켜올리더니, 그에게 삿대질을 해댔다.

"이자가 감히 뉘 앞에서!"

"폐하의 은공도 모르는 이자를 그냥 두어서는 안 되겠습니다."

화가 잔뜩 난 왕이 그 즉시 명령했다.

"괘씸한 놈 같으니라고. 여봐라, 이자를 당장 옥에 가두어라!"

그 즉시 병사들이 달려들어 정원사를 단단히 포박했다.

묶인 정원사에게 왕이 말했다.

"네가 그렇게 잘났느냐? 어디 내 덕 없이 무슨 일을 할 수 있나 한번 보자. 감옥에서 꽃 한 송이만 피우면 너를 풀어주겠다."

왕의 말을 듣고 난 정원사가 침착하게 말했다.

"그러시면, 저에게 흙 한줌만 주십시오."

왕이 조롱하듯이 말했다.

"오냐, 볶은 흙을 주마. 하하하!"

정원사는 곧 감옥 안으로 끌려갔다. 그 뒷모습을 바라보며 신하들이 왕께 물었다.

"폐하, 왜 하필이면 볶은 흙을 주는 것입니까?"

"당연하지. 혹여 꽃씨가 숨어 있는 흙을 주면 안 되니까."

"과연!"

"훌륭하십니다, 폐하!"

신하들은 왕이 듣기 좋은 소리들을 앞다투어 늘어놓았다.

비좁은 감방 안 높다란 곳에 작은 창이 하나 나 있었다. 마치 감옥의 콧구멍과도 같은 그 창문을 통해 하루 한 차례 손바닥만한 햇살이 들이비쳤다. 그러면 정원사는 볶은 흙이 담긴 종지를 창틀에 올려놓고 고스란히 그 햇살을 받았다. 정원사는 이따금씩 자기 몫으로 나오는 물 한 모금을 남겨 그 흙에 뿌려주었다. 그러기를 하루, 이틀, 한 달…. 1년이 훌쩍 지나갔다. 그러나 달라진 것은 아무것도 없었다.

2년이 흘렀고, 3년이 훌쩍 지난 어느 봄날이었다. 종지에 햇살을 받던 정원사는 흙 접시 가운데에 찍힌 연한 점 하나를 발견했다. 그것은 갓 움트기 시작한 새싹이었다. 그것을 발견한 정원사의 눈에 감사의 눈물이 맺혔고, 그 이슬방울은 곧장 새싹 위로 굴러 떨어졌다.

"사람이 아무리 두 팔을 쳐들어 막으려 해도 저 높다랗게 지나는 바람은 어쩔 수 없지. 두 손바닥을 활짝 편 넓이 이상의 햇볕을 가릴 수도 없고…."

그렇게 중얼거리는 정원사의 얼굴에 해맑은 미소가 피어올랐다.

정원사는 그날부터 온갖 정성을 기울여 그 새싹을 가꾸었다.

그로부터 두어 달 후 왕이 그 감옥 곁을 지나가게 되었다. 무심코 감옥 안을 보게 된 왕은 깜짝 놀라 발걸음을 멈추었다.

"아니, 저건 무슨 꽃인가?"

감옥 창틀 위에 샛노란 민들레 한 송이가 피어 있었다. 그 꽃송이가 바람에 흔들릴 때마다 마치 별이 반짝이는 것 같았다.

그 순간 왕의 머릿속에 어린 시절의 아름다웠던 추억 한편이 떠올랐다. 갈라진 돌 틈에 뿌리내린 민들레꽃을 보고 가슴 떨렸던 기억이었다. 그때 자기를 훈육했던 스승은 이런 말을 해주었다.

"저것은 단순한 꽃 한 송이가 아닙니다. 바로 생명이지요. 천하보다 귀한 생명 말입니다."

"누가 저걸 키우나요?"

스승은 그때 또렷하게 말했었다.

"햇볕과 비와 바람… 바로 자연이지요."

왕의 귓가에 그 옛날의 목소리가 생생하게 메아리쳤다. 왕은 비로소 그 스승의 말이 정원사의 대답과 똑같다는 사실을 깨달았다.

그리고 3년 전 자기가 감옥에 가둬버렸던 정원사를 떠올리면서, 꽃 한 송이조차도 오직 자기 덕에 피는 줄 알고 살았던 지난날이 부끄러워 고개를 숙였다.

이윽고, 왕은 즉시 신하들에게 명령을 내렸다.

"어서 달려가 옥문을 열라. 당장!"

　자연은 중립이다. 인간은 자연에서, 세계를 사막으로 만들거나 사막에 꽃을 피우는 힘을 탈취했다. 원자 속에는 아무런 나쁜 것이 없고, 그것은 인간의 영혼 속에 있을 뿐이다.

　● A. 스티븐슨

최고의 작품

나를 비롯한 모든 진흙덩이는 최고의 장인을 만나 최고의 작품으로 탄생하는 것이 꿈이다. 그래서 왕궁의 식탁이나 부잣집의 장식장에 올라가는 것 말이다.

다행인 것은 우리들의 토기장이 이 나라 최고의 장인이란 것이다. 그가 만든 그릇들은 거의 다 왕궁이나 부잣집으로 팔려나갔다.

어느날, 토기장이 내 앞에 앉아서 나를 반죽하기 시작했다. 나는 흥분됐다. 이 세상에서 가장 멋진 작품으로 태어날 내 모습이 떠올랐기 때문이다.

그런데 시간이 지나면서 조금 이상한 느낌이 들었다. 토기장이 빚는 나의 모습이 이전의 다른 진흙덩이들과는 전혀 달랐기 때문이다.

주둥이가 한쪽으로 기울어진 모습에 유난히도 넓은 손잡이…. 나를 지켜보는 다른 진흙들의 웃음소리가 들렸다. 난 너무 속이 상해서 눈물이 날 것만 같았다. 나를 이런 흉측한 모습으로 만든 토기장의 손길이 밉고 또 미웠다.

마지막 과정인 불가마에서 나온 내 모습은 거의 절망적이었다. 토기장이 왜 날 이런 모습으로 빚었는지 도무지 이해가 되지 않았다.

그런데 토기장은 내가 완성되기가 무섭게 나를 품에 안고 어디론가 뛰어갔다. 그가 도착한 곳은 어느 가난한 농부의 집이었다.

나를 아무리 가난한 농부에게 넘기려고 했어도, 적어도 이런 모양일 필요는 없는 것이다. 나는 생각할수록 토기장이 미웠다. 차라리 바닥에 떨어져 깨져 없어지기를 바랄 뿐이었다.

그런데 토기장의 부름에 밖으로 나온 농부의 모습을 보는 순간 난 너무 놀라고 말았다.

그 농부는 농사일을 하다가 다쳐서 두 손을 쓸 수 없는 사람이었다. 그래서 평범한 모양의 그릇을 사용할 수가 없었고, 토기장은 그 사실을 알고 농부를 위해 손이 아닌 팔로 사용할 수 있는 그릇을 만들었던 것이다.

"이렇게 고마울 데가…!"

나를 받아 들고 눈물을 글썽이는 농부에게 토기장이 말했다.

"더 고마운 것은 나요. 내가 그릇을 만들면서 이렇게 기뻤던 적은 처음이요. 이 그릇은 내 최고의 작품이요."

나는 비로소 나를 빚던 토기장의 그 따스한 손길을 느낄 수 있었다. 세상의 모든 그릇들이 뭐래도, 토기장이 빚은 최고의 작품은 바로 나였다.

모든 인간의 작품, 문학·예술·미술 또는 건축이나 그 밖의 어떤 것이든 간에 그것은 하나같이 자기 자신의 초상화다. 따라서 자신을 숨기려 하면 할수록 의지와는 상관없이 그 성격이 드러나게 된다.
○● 사무엘 버틀러

모든 인간의 작품, 문학·예술·미술 또는 건축이나 그 밖의 어
떤 것이든 간에 그것은 하나같이 자기 자신의 초상화다.

배추흰나비와 호랑나비

배추흰나비가 사랑을 잃고 깊은 고통 속에서 헤어날 줄 모르고 있었다. 그 마음의 충격이 얼마나 컸는지 장다리밭에서 꼼짝도 않고 처박혀 있었다.

어느날 이웃에 사는 호랑나비가 찾아와 말을 걸었다.

"언제까지 그러고만 있을 거야? 나랑 같이 언덕 너머에 있는 노랑나비한테 가보자."

배추흰나비는 시큰둥하게 대답했다.

"귀찮아요. 저 좀 가만히 있게 내버려두세요."

"그러지 말고. 아주 슬픈 일이 생겼다는군."

배추흰나비가 절망적인 목소리로 말했다.

"아무리 슬퍼도 나보다 더 슬프지는 않겠죠. 그가 떠나버렸다고요!"

호랑나비가 답답하다는 듯이 말했다.

"뭘 겨우 그 정도 일 갖고…! 노랑나비는 언니가 개구쟁이 꼬마 애들한테 잡혀가버렸는데…!"

배추흰나비가 비로소 놀라는 표정을 지었다.

"아니, 그런 끔찍한 일이! 그럼 어서 가봐야죠."

배추흰나비가 서둘러 호랑나비를 따라나섰다.

그들은 가는 도중에 파꽃이 하얗게 핀 파밭에서 잠시 쉬게 되었다. 호랑나비가 배추흰나비에게 말했다.

"어때, 날 한번 참 화창하지?"

"네, 바람도 참 달고요."

기다렸다는 듯이 호랑나비가 말했다.

"숨을 크게 들이쉬어. 그리고 언니를 잃은 노랑나비의 슬픔도 헤아려보고…"

"정말 안 된 일이에요. 난 다시 짝을 찾으면 되지만, 잃어버린 언닌 영영 못 찾을 거 아니에요."

"그럼, 그렇고말고."

호랑나비가 배추흰나비를 위로하며 말해주었다.

"노랑나비의 슬픔이 네 슬픔을 치유할 수 있는 거야. 아픔을 제거하는 최선의 방법은 또다른 아픔을 지어내는 일이고, 자기 슬픔을 삭히는 최선의 길은 남의 슬픔 속으로 파고들어가는 거지. 저 풀밭을 좀 보렴. 밭에 채소를 심지 않으면 또 저렇게 잡초가 자라지 않니?"

호랑나비는 마치 배추흰나비의 친언니라도 되는 양 자상하게 말을 이어나갔다.

"잡초를 제거한 밭에 서둘러 작물을 파종해야 하듯이, 실망의 빈 구덩이에는 희망이 들어서야 치유가 되는 거야. 우린 그런 과정을 통해 거듭날 수 있는 거고…."

"…!"

이 세상의 모든 것이 마음가짐 여하에 달렸다. 푸른 안경을 쓰고 사물을 보면 모든 것이 푸르게 보인다. 세상을 낙관적으로 보느냐, 비관적으로 보느냐에 따라 즐겁게도 보이고, 슬프게도 보인다. 빛나는 마음, 넓은 마음, 깨끗한 마음, 겸손한 마음, 온유한 마음으로 세상을 보자.
○● B. 위고

세 가지 조건

디드로는 아름답고 마음씨 착한 루시아와 결혼하고 싶었지만, 고집 세고 부지런한 그녀의 아버지로부터 승낙을 받아야만 했다. 그런데 이상하게도 그녀의 아버지 앞에만 가면 당황하여 말을 제대로 못하게 되었다.

하루는 마음을 굳게 먹고 그녀의 아버지를 찾아갔다. 그리고는 다짜고짜로 루시아를 사랑하고 있으니 결혼을 허락해달라고 청했다. 그러자 그녀의 아버지는 그에게 세 가지의 조건을 내걸었다.

"자네가 내 딸과 결혼하려면, 우선 매일 동틀 무렵 제일 먼저 정원으로 나오는 암탉의 깃털을 내게 가져오게. 듣자하니 그것이 허리 통증에 좋다더구만. 그리고 주울 때 다리를 움직이지 말고 선 채로 몸을 구부려 지푸라기를 물어야 하며, 돌아오는 내 생일날엔 손바닥 위에 불을 올려 뛰지 말고 침착하게 내게 가져오도록 하게."

디드로는 다음날 아침 일찍 그녀 아버지가 내건 첫 번째 조건을 지켰다. 그런데 아무리 애를 써도 두 번째 조건은 지키기가 힘들었다. 그래서 농장의 일꾼들에게 방법을 물어보았더니, 일꾼들은 한결같이 이렇게 말해주는 것이었다. 날마다 포도밭을 일구면서 부지런히 일해 몸을 유연하게 만들어야 한다고.

그후 디드로는 다른 어떤 사람들보다도 열심히 땀흘려 일했다. 몇 달이 지나 그가 가꾼 포도밭에 탐스런 포도송이가 주렁주렁 매달리자, 그는 처음으로 결실에 대한 감사의 기쁨을 맛볼 수 있었다. 또 카드놀이나 하며 시간을 허비했던 지난 삶을 반성하는 계기가 되었다.

드디어 그녀 아버지의 생신날이 되었다. 아침 일찍 그녀의 집에 도착한 그는 "생신을 축하드립니다"라는 인사와 함께 별 어려움 없이 몸을 구부려 입으로 지푸라기를 물어 가져다드렸다. 그리고 오랜 노동으로 단단하게 굳은살이 박힌 손바닥 위에 불씨를 올려 그녀의 아버지가 요구한 세 가지 조건을 완벽하게 해냈다. 물론 흔쾌히 결혼 승낙이 떨어졌다.

그때 루시아가 살짝 웃으며 그에게 말했다.

"아버지는 당신한테 부지런함과 남자답게 일하는 법을 가르쳐주신 거예요."

한 걸음 한 걸음 천천히 걸어가도 목적지에 도달할 수 있다고 생각해서는 안 된다. 한 걸음 한 걸음 그 자체에 가치가 있어야 한다. 큰 성과는 가치 있는 일들이 모여 이룩되는 것이다. 실속 있는 성과를 얻으려면 한 걸음 한 걸음이 힘차고 충실하지 않으면 안 된다. ∙ A. 단테

도둑과 성자

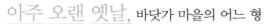

아주 오랜 옛날, 바닷가 마을의 어느 형제가 포구에 정박해 둔 남의 고깃배를 끌어다 다른 지방에 팔아 넘기다가 발각되었다. 형제는 곧 어촌 마을 회당으로 끌려가 사람들로부터 여죄를 추궁 당했다. 그러다 보니 속속 놀라운 사실들이 드러났다. 형제의 고깃배 절도 사건은 이번뿐만이 아니라 수년동안 계속되어왔었던 것이다.

분노한 어부들은 죄 값으로 형제들을 공개 처형하려고 했다. 그런데 이때 마을 촌장이 그들을 제지하며 소리쳤다.

"비록 저들이 악행을 저질렀다 해도 우리 마음대로 목숨을 빼앗을 순 없소. 대신 남의 물건을 훔친 도둑놈 표시를 새겨 놓으면 평생 어딜 가도 마음 편히 살수는 없을 것이오."

듣고 보니 그럴싸했다. 사람들은 촌장의 말대로 형제의 이마에 커다랗게 'ST' 두 자를 새겨 넣었다. 배 도둑(Ship Thief)이라는 뜻이었다.

그 뒤 사람들은 그들 형제를 볼 때마다 손가락질하며 놀려댔다.

"저기 ST가 지나간다."

"저 글자가 무슨 뜻인 줄 알아? 바로 배 도둑이라는 뜻이야. 하하하!"

마을 사람들의 저주를 견디다 못한 형은 야음을 틈타 소리 없이 그 어촌 마을을 떠나 버렸다. 하지만 다른 곳에서도 이마의 글자에 대해 묻는 사람들 때문에 마음 편할 날이 없었다. 형은 그렇게 깊은 절망감에 사로잡혀 정신병을 앓다가 결국 어느 벽촌에서 생을 마감하고 말았다.

그러나 그런 형과는 달리 동생은 끝까지 마을에 남기로 했다.

'어디로 가든 죄를 피할 수는 없다. 차라리 이곳에 남아 죄과를 달게 치르리라.'

그렇게 마음먹은 동생은 사람들이 내뱉는 온갖 비난과 저주를 묵묵히 참고 견뎌냈다.

세월이 흐르면서 그런 동생에 대한 비난도 점차 잦아들었고, 묵묵히 자기 일과 마을의 궂은 일을 도맡아 하는 모습을 보고 사람들은 칭찬하기 시작했다.

어느날, 한 나그네가 우연히 그 어촌 마을을 지나다가 노인의 이마에 새겨진 글자를 보게 되었다.

"……?"

나그네가 호기심을 못 참고 길을 가던 한 청년에게 그 노인의 사연을 물었다. 그러자 그 청년은 이렇게 말해주는 것이었다.

"워낙 오래된 이야기여서 잘은 모르지만, 저 분은 우리 어촌 마을에서 가장 존경받는 분입니다. 마을 사람들 모두 저 분을 본받으려고 노력하지요."

"그럼 저 이마의 글씨는?"

청년이 확신에 찬 어조로 대답했다.

"아마 '성자(Saint)'의 약자임에 틀림없을 겁니다."

할 수 있는 모든 선을 행하라. 할 수 있는 모든 수단을 다해서, 할 수 있는 모든 방법을 다해서, 할 수 있는 모든 곳을 다 찾아서, 할 수 있는 모든 때를 놓치지 말고, 할 수 있는 모든 사람에게, 할 수 있는 순간까지.
○● 존 웨슬리

사형수의 사탕

죄가 무거워 사회로부터 영원히 추방당하기로 되어 있는 어떤 사형수가 있었다. 그는 사형이 확정된 후 뒤늦게나마 자유의 소중함을 뼈저리게 실감하게 되었다. 그는 또 자신을 둘러싼 사람들의 소중한 삶들에도 눈을 뜨기 시작했다.

하루하루 죽음을 향해 걸어가는 그에게는 피붙이도 모두 뿔뿔이 흩어져버려 면회 한번 찾아오는 이가 없었다. 간간이 위문 차 교도소를 찾아오는 사람들을 만날 수 있었을 뿐, 아무런 기약도 없는 이승의 마지막 시간들을 소진하고 있었다. 그리고 얼마 후, 예정대로 그의 사형이 집행되었다. 묵묵히 최후를 맞은 그의 모습은 오랜 세월 수도생활을 한 수행자의 얼굴 같았다.

그가 떠나고 난 이튿날, 그가 수감되었던 감방 안에서 노란 서류봉투 하나가 발견되었다. 그 속에는 일곱 개의 알사탕과 편지 한 장이 들어 있었다.

　나는 이제 그 동안의 모든 업보를 짊어지고 이 세상을 벗어납니다.

　돌아보면 참으로 고통과 애증으로 점철된 삶이었습니다. 내 죄에 대한 한없는 가책을 느끼며, 나의 죽음이 목숨을 잃은 사람들에게 조금이나마 위로가 되기를 바랄 뿐입니다.

　내가 죽은 후 내 묘를 써줄 사람에게 이 사탕을 주십시오. 이 사탕은 교도소에 위문 왔던 친절한 사람들이 나에게 주고 간 것입니다.

　사탕을 먹고 싶은 마음은 참을 수 없을 정도였습니다.

　그러나 나를 위해 고생해줄 사람들에게 아무런 보답도 할 수 없다는 생각에 미칠 것 같습니다. 그래서 몰래 이 사탕을 간직해두었던 것입니다.

　죽을 때까지도 빚을 지고 죽어서는 안 된다는 것이 제가 이 안에서 배운 인생철학입니다. 뒤늦게 이것을 깨닫게 된 것이 부끄럽습니다.

제발 소원입니다. 이 사탕 몇 알이 내 마지막 소유물이니

부디 수고한 그들에게 나누어주십시오.

타인의 슬픔을 같이 해주기엔 우리네 인생이 너무도 짧다. 우리 인간은 자기 자신에게 주어진 인생을 살아가기에도 급급하다. 더군다나 실수를 할 때마다 그에 대한 대가를 치러야 한다는 사실은 매우 유감스러운 일이 아닐 수 없다. 실제로 우리는 끊임없이 희생을 치르고 또 치러야 하는 경우가 많다. 그러나 수많은 인간과 관계하는 운명은 이를 감안해주지 않는다.

○ ● O. 와일드

인생을 살아오면서 행한 선행과 악행으로부터
자유로울 수 있는 사람은 아무도 없습니다.

무덤 속에서 살아난 노인

옛날 어느 마을에 술을 무척 좋아하는 노인이 있었다. 그 노인은 술을 너무 좋아해서 술이라면 만사를 잊어버리는 것이었다. 그의 두 아들이 온종일 일해서 벌어들인 돈도 결국은 아버지의 술값으로 탕진되었다.

어느날 속이 상한 두 형제가 머리를 맞대고 의논했다.

"아버지를 저대로 둬서는 안 되겠어. 돈이란 돈은 죄다 아버지의 술값으로 들어가니 앞으로 어떻게 살아? 차라리 우리 이러는 게 어떻겠어?"

"어떻게?"

"아버지한테 먼저 술에 취하게 하여 정신을 잃게 만드는 거야. 그런 다음에…."

"그리고 나서는?"

"일단 내 말대로 한번 해보자. 다음 일은 그 뒤에 알려줄게."

두 아들은 계획대로 아버지에게 술을 잔뜩 먹여 정신을 못 차리게 만들었다. 그런 다음에 이웃 사람들을 오라고 해서 말했다.

"저희 아버지께서 돌아가셨습니다. 장례를 치러야겠으니 좀 도와주십시오."

형제의 말을 믿은 사람들은 시체의 옷을 갈아입히고는 관을 만들어 들고 묘지로 향했다.

그런데 당시에는 사람이 죽으면 낭떠러지 밑에 동굴을 파고 그 안에다 관을 넣는 장례 풍속이 있었다. 술꾼 아버지도 똑같은 방식으로 동굴 안에 안치되었다. 그러는 동안에도 술꾼은 너무나 깊이 취해 있었기 때문에 전혀 알아차리지 못했다.

그 이튿날, 우연히 회교도 사람들이 포도주와 빵, 익힌 고기 등 푸짐한 음식들을 들고 그 무덤 근처를 지나게 되었다. 사실 그들은 적에게 둘러싸여 포위당한 도시로 그 음식들을 운반하던 중이었다. 그런데 갑자기 일이 잘못되어 적에게 발각되었고, 추격을 받아 급하게 도망치던 그들은 운반하던 음식과 물건들을 모두 동굴 속에 감추고는 그곳을 떠났다.

장례를 치른 지 3일이 지나서야 술에서 깨어난 술꾼은 깜짝 놀라고 말았다.

"대체 여기가 어디지? 자식놈들은 어디 가고 왜 나만 여기

있는 거지?"

그는 혼자 중얼거리며 주위를 둘러보았지만, 캄캄한 동굴 안에서는 아무런 소리도 들리지 않았다. 낙담한 노인이 털썩 주저앉아 주위를 더듬어보았다. 그러자 포도주 병과 고기와 치즈 덩어리가 발견되었다. 순간 노인의 얼굴에 화색이 돌았다.

"이게 웬 행운인가? 하느님, 감사합니다. 내 아들놈들이 나를 여기다 갖다 버린 것이 확실해. 하지만 주님은 아직 나를 버리지 않으셨구나!"

노인은 먼저 빵과 포도주로 주린 배를 채우기 시작했다.

한편, 불효를 저지른 두 아들은 아버지가 어떻게 되었는지 궁금해서 견딜 수가 없었다. 그래서 일주일쯤 후에 확인을 해보려고 동굴 근처로 가보았다. 그런데 동굴 앞에 이르렀을 때 무덤 속에서 아버지의 노랫소리가 들려오는 것이었다. 두 아들은 소스라치게 놀랐다.

"아직 살아계신 모양이야."

"그럴 리가…!"

두 아들은 도무지 믿을 수 없다는 표정으로 확인을 위해 동굴 속으로 들어갔다.

"아버지…, 도대체 어떻게…?"

노인이 버럭 화를 내며 소리쳤다.

"어째서 내가 죽지 않고 살아 있느냐 그 말이렷다!"

"아, 아니, 그게 아니라…."

"천벌을 받아 마땅한 이 못된 놈들아! 네놈들이 나를 죽이려고 했지만 자비로운 주님께서 날 보살펴주셨다. 주님은 나를 버리지 않으셨어!"

두 아들이 보니 그곳에는 포도주와 음식들이 산더미처럼 쌓여 있었다.

아들들은 그 자리에서 무릎을 꿇었다. 그리고 자신들의 불효를 용서해달라고 빌었다.

"아버님, 저희가 생각을 잘못 했습니다. 부디 저희를 용서해주십시오. 앞으로는 아버님께서 불편하시지 않게 편히 모시겠습니다."

세 부자는 음식과 포도주를 모두 집으로 운반했고, 그후로는 아무런 불화 없이 편안한 부자지간으로 잘 살았다.

효도하고 순한 사람은 또한 효도하고 순한 아들을 낳으며, 오역(五逆—불교의 지옥에 갈 만한 큰 죄)한 사람은 또한 오역한 아들을 낳는다. 믿지 못한다면, 저 처마 끝의 낙수(落水)를 보라. 방울방울 떨어져 내림이 어긋남이 없다.   ○● 명심보감

빈손

알렉산더 대왕의 병세가 날이 갈수록 심해지자 왕실은 깊은 시름에 빠졌다. 병을 고치기 위해 수많은 명의들이 찾아왔지만 별 뾰족한 수가 없었던 것이다.

그런데 허둥대는 주위 사람들과는 달리 알렉산더 대왕은 오히려 침착했다. 얼굴에는 병색이 역력했지만, 타고난 강인한 정신력으로 조금씩 자신의 주변을 정리하면서 죽음을 준비하는 듯했다.

가족과 신하들이 자리에 누워 휴식을 취할 것을 권할 때마다 그는 이렇게 대답하곤 했다.

"내 걱정은 말라. 사람이 죽으면 잠을 자게 되는 법, 살아 눈뜨고 있는 이 순간들을 어찌 눈감고 있겠는가. 내 얼마 남지 않은 시간을 가장 충실하게 쓰리라."

그러던 대왕도 병이 점점 더 깊어지자 결국에는 자리에 앉아 있을 힘조차 없게 되었다.

상황이 이렇게 되자 왕실에서도 그를 포기할 수밖에 없었다. 그러면서도 그의 마지막 유언이 무엇인지 그것이 궁금했다. 하지만 사경을 헤매면서도 대왕은 좀처럼 유언을 하지 않았다.

그러던 어느날 마침내 대왕이 궐 안의 모든 사람들을 불러모았다. 그리고 힘겹게   입술을 열어 느릿느릿 말을 이어나갔다.

"내가 죽거든… 묻을 때 손을 밖에 내놓아 사람들이 볼 수
있도록 하시오…."

이제나 저제나 하면서 초조하게 유언을 기다리던 신하들은
내심 깜짝 놀랐다. 세상의 모든 권력을 한 손에 쥐었던 대왕의
유언으로는 왠지 적절치 않아 보였던 것이다.

그러나 대왕은 이렇게 덧붙이는 것이었다.

"나는 단지 세상 사람들에게… 천하를 쥐었던 알렉산더도
떠날 때는 빈손으로 간다는 사실을 보여주고 싶을 뿐이오…."

인간을 고통스럽게 하는 세 가지 유혹이 있다. 첫째는 성적 욕망이요, 둘째는
자만심이요, 셋째는 부에 대한 턱없는 욕망이다. 인간의 모든 불행은 이 세 가지 탐욕에서
비롯된다. 그런 욕망만 없다면 인간은 행복하게 살 것이다. 하지만 그것들에 찌들 대로 찌
든 우리가 그것을 어떻게 소멸시킬 수 있단 말인가? 열심히 일하고 자신을 단련시키는 길
밖에 없다. 이것만이 유일한 해결책이다. 이 세계는 오직 마음을 갈고 닦음으로써 개선될
것이다.
－• 라메네

행복한 위선자

막스 비어 봄의 〈행복한 위선자〉라는 소설에 이런 내용이 있다.

험악한 얼굴에 인간미는 조금도 찾아볼 수 없는 데다가 성격까지 괴팍한 인간이 있었다. 이 사내는 얼굴과 성격만이 삐뚤어진 것이 아니라 생활도 아주 엉망이어서 항상 사람들 사이에서 분란을 일으키며 방탕한 삶을 살고 있었다.

그런데 언제부턴가 이 엉터리 인간의 가슴에도 연정이 싹트기 시작했다. 사내는 자기가 사랑하게 된 아름답고 순결한 아가씨에게 다가갔다. 그리고는 온갖 사랑스런 말로 청혼을 했다. 그러나 그녀에게서 돌아온 것은 싸늘한 거절뿐이었다.

"그 마음은 알겠습니다. 하지만 당신처럼 험악하게 생긴 사람의 아내가 될 수는 없습니다."

매몰차기 그지없는 거절이었지만, 사내는 포기하지 않았다. 어떻게든 그녀를 붙잡으려고 궁리에 궁리를 거듭했다. 그러던 중 한 가지 묘안이 떠올랐다. 그 즈음 무도회 같은 데서 흔히 사용하는 가면을 이용하기로 한 것이다.

　　사내는 비싼 값을 치르고 인자하게 생긴 얼굴의 가면을 쓰고 다시 청혼을 했다. 그러자 달콤한 사랑의 밀어와 그의 인자한 모습에 감동한 여자는 그 청혼을 받아들여 결혼을 허락했다.

　　원래 선량함이란 눈을 씻고도 찾아볼 수 없었던 사내였지만, 자기가 원하던 신부를 얻게 되자 그렇게 착하게 굴 수가 없었다. 그는 사랑스런 신부를 기쁘게 해주기 위해 열심히 일했고, "사랑한다"는 말을 아끼는 법이 없었다.

　　그렇게 단란한 가정을 이루고 행복하게 살아가고 있던 어느날, 한 손님이 찾아왔다. 그 손님은 사내에게 유감이 많은 사람이었다. 때마침 남편은 편안히 낮잠을 즐기고 있었다. 사내는 "잘 됐다" 하고 속으로 쾌재를 부르고 나서 그의 아내에게, 가면 속에 감춰진 남편의 험악한 얼굴과 방탕한 과거의 생활들을 낱낱이 폭로해버렸다.

　　손님의 주장에 아내는 심한 갈등에 빠졌다. 그의 말은 도저히 믿기 힘든 충격적인 말이었다. 하지만 어떻게든 사실을 확인해보고 싶었다. 그래서 잠든 남편의 가면을 슬그머니 벗겨보았다.

　순간 남편의 과거를 폭로했던 손님의 얼굴에는 놀라움이
가득 찼다. 가면 속의 얼굴은 험악하고 비열한 사내의 얼굴이
아니었다. 빙그레 미소지은 얼굴로 편안하게 잠들어 있는 그
얼굴은 그가 쓰고 있던 가면의 얼굴보다 더 인자하고 푸근하게
변해 있었던 것이다.

인생 최대의 비극은 사람이 죽는 것이 아니라 사랑하는 것을 그만두는 일이다.
○● W. S. 몸

신뢰

신의 명령으로 자기 아들을 죽여야 하는 한 남자가 있었다. 그는 아들에게 내일 함께 숲에 가자고 말했다. 아버지의 속마음을 알 리 없는 아들은 매우 흥분하며 기뻐했다. 하지만 아들을 숲으로 데려가 죽여야만 하는 아버지의 가슴은 찢어질 듯이 아팠다.

그 아버지는 자신의 절대자로서 하느님의 존재를 믿고 있었다. 그리고 아이는 그의 아버지를 믿었다. 거기에는 신뢰가 있었다.

이튿날 아버지가 어린 아들을 숲으로 데려갔고, 어린아이는 매우 행복해했다. 이윽고 숲에 도착한 아버지는 아들을 살해하기 위해 날카롭게 칼을 갈기 시작했다. 아들의 기분은 매우 들떠 있었으며, 아버지를 도와주기까지 했다. 아버지는 아들이 무슨 일이 벌어질지도 모르고 좋아하는 모습을 보며 속으로 울었다.

문득 아들이 물었다.

"이 칼로 무얼 하실 거예요?"

아버지가 대답했다.

"넌 모른다. 난 살인을 할 것이다."

아이는 그래도 웃으며 즐거워하고 있었다.

"언제요?"

아버지가 칼을 치켜들었다. 아들은 그래도 그의 앞에서 몸을 내밀며 행복하게 웃음지었다. 아들은 그것을 하나의 장난으로 생각했던 것이다. 이윽고 아버지가 칼을 내리치려는 순간, 어떤 목소리가 들려왔다.

"멈춰라! 너는 나를 신뢰했다. 그것으로 충분하다."

이때 아들이 말했다.

"왜 멈추는 거예요? 계속 하세요! 이건 참 재미있는 놀이인데요."

아들은 마냥 장난을 치고 싶은 즐거운 기분이었다.

그대가 삶을 신뢰할 때, 또한 신을 신뢰한다. 왜냐하면 삶이 곧 신이기 때문이다. 삶 이외의 다른 신은 아무것도 없다. 그대가 신뢰하고 그것과 함께 표류할 때, 죽음조차 변형된다. 그대에게는 죽음이란 것이 존재하지 않는다. ㅇ● O. 라즈니쉬

두 하느님

소년은 하느님을 만나는 것이 소원이었다.

소년은 하느님이 살고 있는 곳까지 가려면 긴 여행이 필요하다고 생각했다. 그래서 초콜릿과 음료수 여섯 병을 배낭에 챙겨 들고 여행길에 나섰다.

집을 출발하여 사거리를 세 번쯤 지났을 때, 소년은 길에서 어떤 늙은 할머니를 만났다. 그녀는 공원 벤치에 앉아 우두커니 비둘기를 바라보고 있었다. 소년은 목이 말라 음료수를 마시려고 그 할머니 옆에 앉아서 가방을 열었다.

소년은 물을 마시려다가, 옆의 할머니가 몹시 배고파 보인다는 사실을 알았다. 그래서 자기 초콜릿을 꺼내 그 할머니에게 주었다.

할머니는 고맙게 그것을 받아 들고 소년에게 미소를 지어 보였다. 할머니의 그 미소가 너무나도 아름다웠기 때문에, 소년은 그 미소를 다시 한번 보고 싶어서 이번에는 음료수를 건네주었다. 할머니는 또다시 소년에게 미소를 지어 보였다. 소년은 매우 기뻤다.

그들은 그날 오후를 그렇게 먹고 마시고 미소지으면서 공원의 벤치에 앉아 있었다. 두 사람은 그것밖에는, 다른 어떤 말도 하지 않았다.

날이 어두워지자 소년은 피곤함을 느꼈다. 그래서 집으로 돌아가려고 배낭을 챙겨 들고 자리에서 일어섰다. 하지만 몇 걸음 걸어가다 말고 뒤돌아 서서 그 할머니에게로 달려와 그녀를 꼭 껴안아주었다. 그러자 할머니는 소년에게 가장 행복한 미소를 지어 보였다.

얼마 후 소년이 집에 돌아오자, 소년의 엄마는 아들의 얼굴에 나타난 행복한 표정을 보고 놀랐다.

"오늘 무얼 했기에 그렇게 행복해 보이니?"

소년이 대답했다.

"엄마, 오늘 하느님과 함께 점심을 먹었어요."

엄마가 뭐라고 반응을 보이기도 전에 소년이 덧붙였다.

"엄마도 아세요? 하느님은 내가 여태껏 본 것 중에서 가장 아름다운 미소를 가졌다고요."

한편, 그 할머니 역시 기쁨으로 반짝이는 얼굴을 하고 자기 집으로 돌아갔다.

　할머니의 아들이 어머니의 얼굴에 나타난 평화로운 표정을 보고 놀라서 물었다.

　"어머니, 오늘 무슨 일이 있었기에 그렇게 행복한 표정이세요?"

　그녀가 대답했다.

　"얘야, 난 오늘 공원에서 하느님과 함께 초콜릿을 먹었단다."

　아들이 뭐라고 반응을 보이기도 전에 그녀가 덧붙였다.

　"너도 아니? 그분은 내가 생각했던 것보다 훨씬 젊더구나."

예수의 성격을 가장 잘 드러낸 것이 어떤 것이냐고 묻는다면 나는 이렇게 말할 것이다. 지극히 광대한 인간 영혼을 대단하게 여겼으며 인간에게서 신의 이미지가 투영된 모습을 발견하고 어떻게 살았는가 또는 성격이 어떤가는 전혀 상관하지 않고 인간을 사랑했다는 것이다.　• 채닝

세상에서 가장 행복한 느낌

2017년 01월 05일 개정 1쇄 인쇄일
2017년 01월 10일 개정 1쇄 발행일

엮은이 ㅣ 김하
펴낸이 ㅣ 김정재
펴낸곳 ㅣ 뜻이있는사람들
북디자인 ㅣ 페이퍼마임

등록 ㅣ 제410-304호
주소 ㅣ 경기도 고양시 일산서구 대산로 215 연세프라자 303호
전화 ㅣ 031-914-6147
팩스 ㅣ 031-914-6148
이메일 ㅣ naraeyearim@naver.com

ISBN 978-89-90629-33-3   03810